Le Carnet rouge

www.casterman.com

casterman
87, quai Panhard-et-Levassor
75647 Paris cedex 13

ISBN 978-2-203-04720-4
L.10EJDN000980.C002

casterman


Imprimé en Italie en octobre 2012
Dépôt légal : septembre 2011 ; D.2011/0053/20
Déposé au ministère de la Justice, Paris
(loi n° 49.956 du 16 juillet 1949 sur les publications destinées à la jeunesse).

ANNELISE HEURTIER

# LE CARNET ROUGE

*« Mais le prisonnier, une fois retombé dans le monde, qui s'occupe de lui ? »*

Daya Pawar, *Ma vie d'intouchable*

*À ma grand-mère, qui va me manquer.*

# 1.

Une sonnerie me vrille les tympans. J'essaie d'ouvrir les yeux mais je n'y arrive pas, on dirait qu'un petit malin a mesquinement disposé deux énormes pierres sur mes paupières. À tâtons, je cherche le responsable. Je tape au hasard, dans le vide, sur la table de nuit, puis sur ce satané réveil, jusqu'à ce qu'enfin, le bruit cesse. Avec délice, je m'enroule dans la chaleur de la couette et le silence retrouvé. Encore cinq minutes. Cinq petites minutes.

Je me réveille en sursaut. Merde, combien de temps je me suis rendormie ?

Dans la pénombre, le réveil me fixe de ses yeux digitaux, on dirait qu'il se fout de moi. 7 h 30. *Eh ouais, ma petite, c'est pas comme si j'avais pas essayé de te réveiller !*

Je me lève, ou plus exactement, j'exécute un

magnifique saut de cabri avant de me prendre le pied, quelques pas plus loin, dans une épave de jean. Je me rattrape de justesse et j'atteins la salle de bains sans ajouter de chute au retard, victoire.

Je file sous la douche, je tourne le robinet et me recule aussitôt pour éviter de me faire pétrifier par les premiers litres d'eau glacée.

Je me lave soigneusement les cheveux. Je ne devrais pas mais tant pis, à la place je ferai l'impasse sur le petit déjeuner. Parce que, à midi, j'ai théâtre, et qui dit théâtre dit Hugues. Hugues Cartier-Dampierre. J'aime le son de son nom dans ma bouche. J'aime sa façon de parler, sa façon de marcher, de s'habiller. J'aime son humour et ses idées.

D'ailleurs, c'est uniquement pour lui que je me suis inscrite à l'option théâtre. Mon plan était très simple : on se donne la réplique dans une pièce romantique, on se retrouve le soir et le week-end pour travailler notre jeu et, lors de la représentation de fin d'année, le baiser entre les deux héros est si passionné qu'il n'a plus rien de simulé.

Au lieu de quoi, je me retrouve en cuisinière mal fagotée dans *Le Voyageur sans bagages* et ledit Hugues n'a pas l'air de me considérer autrement qu'un portemanteau de fond de bistrot. Ce qui fait bien marrer Alex, mon meilleur ami.

Qu'à cela ne tienne. Je vais au moins essayer d'être un portemanteau sexy. Une serviette enroulée autour des cheveux, je fonce dans ma chambre pour m'habiller. Mes pieds laissent des traces mouillées sur le parquet.

Inspiration subite en face de mon armoire : aujourd'hui, ça sera la robe en laine violette. Violet cardinal, comme dit ma mère. Je sais qu'elle me va plutôt bien. Dans mes veines coule du sang népalais, et même si pour d'obscures raisons, sources d'innombrables conflits, ma mère rejette en bloc tout ce qui concerne nos origines, moi, je suis plutôt satisfaite d'avoir ces cheveux sombres et cette peau ambrée que pas mal de filles m'envient.

— Mais Marie, qu'est-ce que tu fais encore ici ?

Sur le seuil de ma porte, ma mère me regarde d'un air où l'épuisement des heures passées à arpenter les couloirs, à injecter, réconforter, nettoyer, se mêle à la surprise. D'habitude, quand elle rentre de sa nuit à l'hôpital, je suis déjà partie.

Elle bâille en se passant la main dans ses cheveux noirs, coupés à la garçonne. Je lui ai déjà dit mille fois qu'avec les cheveux longs et un peu plus de style dans ses vêtements, les mecs tomberaient comme des mouches, mais elle ne veut rien savoir. À croire qu'elle se complaît dans la solitude. Je ne sais pas, moi, si ça faisait seize ans que j'étais toute seule, je chercherais un peu de compagnie. Histoire de passer mes soirées autrement qu'en face d'un plat de pâtes et d'une ado mutique.

Remarque, peut-être que, quand on se fait larguer à six mois de grossesse, on est définitivement vaccinée contre la compagnie des hommes.

Oui. Ça me fait mal de le dire, mais dans mes veines, mêlé au sang népalais, il y a aussi du sang de salaud. Alors c'est peut-être aussi pour ça que la moitié népalaise, j'y tiens. Bien obligée, parce que de l'autre côté, c'est à gerber.

— Bon, je vais me coucher. Mais toi, dépêche-toi !

Elle ajoute avec un sourire las :

— Elle te va vraiment bien, cette robe.

Je lui rends son sourire et vais terminer de me préparer pour le Grand Rendez-Vous de Midi. Avec un peu de chance, j'arriverai peut-être à attraper le bus de 8 h 05.

## 2.

Il est bien, le bus de 8 h 05. Au milieu de celui que je prends d'habitude, à 7 h 40, il y a un gamin plein de boutons. À la place, dans celui-ci, il y avait une femme en sari*. Je la repère dès que je monte. La lueur orangée s'imprime sur ma rétine, elle m'attire comme si j'étais un papillon de nuit. Je m'installe juste en face, histoire de pouvoir me remplir de son visage, de sa silhouette, de son odeur. Le tissu est jaune curcuma. Soyeux. Je sens presque l'étoffe crisser sous mes doigts. Dans certaines régions de l'Inde, les jeunes mères portent cette couleur sept jours après la naissance d'un enfant. Mais elle, elle a l'air d'avoir au moins cinquante ans, alors je ne crois pas que ce soit son cas. Peut-être qu'elle était simplement pressée et qu'elle a choisi le premier qui lui est tombé sous la main.

---

* Les astérisques renvoient au lexique p. 183.

Je respire à fond dans l'espoir de percevoir quelques effluves exotiques. Encens, lotus, asafoetida, n'importe quoi. C'est à croire que j'aime me faire du mal : je m'emballe au moindre truc qui me rappelle le Népal… et donc tout ce qui cloche dans ma vie.

Je ne compte plus les fois où j'ai essayé d'en parler à ma mère, de ce pays qui représente tant pour moi. Mais aussi loin que je m'en souvienne, chacune de mes tentatives s'est soldée par un échec.

Au début, c'était du : « Tu sais, je suis née ici, moi. Le Népal, ça ne m'est pas plus familier que l'Alaska. » Ou bien : « T'as bien de la chance qu'on n'y soit pas, justement. C'est pauvre et les femmes n'y ont aucun droit. » Ou encore : « Quand ta grand-mère a posé le pied sur le territoire français, elle était tellement contente de commencer une nouvelle vie qu'elle a décidé de tout oublier. »

Et puis, petit à petit, la patience, les excuses boiteuses ont cédé la place à l'énervement. Dès que j'abordais le sujet, elle se coulait dans un silence noir et épais comme du goudron. *Marie, on en a déjà parlé, je n'ai rien à te dire à ce sujet.* Rideau. Fin de la discussion.

Même si aujourd'hui, par lassitude ou par découragement, mon envie de savoir est un peu moins désespérée, je crois que je lui en voudrai toute ma vie de me priver de ça. Je n'ai déjà pas de père. Elle devrait comprendre que j'ai besoin de quelque chose à quoi me raccrocher. Quelque chose qui m'aide à me construire, à savoir que je ne suis pas qu'une ado élevée par une mère célibataire dans la banlieue de Lille.

Parfois, j'ai l'impression que ma vie est comme un tricot raté : tout effiloché, avec des morceaux manquants. Chez moi, il n'y a pas de photo de famille. Il n'y a rien, non plus, qui rappelle nos origines : pas de livre, d'image, de tapis, d'objet de décoration qui évoquerait des contrées dangereusement plus lointaines que le Maghreb. Aucune histoire, chanson ou recette traditionnelle héritée de grands-parents. De toute façon, des grands-parents, je n'en ai pas non plus, ils sont morts avant ma naissance.

Un jour, en fouillant dans les tiroirs de la chambre de ma mère, j'ai trouvé une photo. Une seule. Un cliché un peu abîmé, avec au milieu une petite femme aux cheveux sombres et à l'air infiniment triste. Un concentré de ma mère. J'ai supposé qu'il s'agissait de ma grand-mère. Le soir même, je me rappelle avoir fait une nouvelle tentative. Je voulais qu'elle me parle de mes grands-parents. Je voulais savoir qui ils étaient, ce qui les avait poussés à venir en France. Je voulais savoir la vie qu'ils avaient vécue au Népal et ce qu'ils lui avaient transmis. Je veux dire, ils lui ont forcément transmis quelque chose. Quelques mots de népali… un bout de tissu… une berceuse ou l'étrange et fabuleuse histoire d'un dieu…

Cette fois-là, elle n'a même pas essayé de changer de sujet ou de trouver une excuse à la con. Le goudron s'est répandu et elle a juste murmuré qu'elle n'avait rien à dire sur eux. Et que ça me plaise ou pas, c'était comme ça.

Sa réaction m'a longtemps fait gamberger. Qu'est-ce qui a pu se passer entre eux pour qu'elle réagisse de cette manière ? Qu'est-ce qu'ils lui avaient fait ? Aujourd'hui encore, je n'ai pas trouvé.

Je crois que c'est après cet épisode que je suis devenue enragée. J'avais treize ans. Ma mère ne voulait rien me dire ? Elle se foutait de nos origines, se satisfaisait de sa petite vie étriquée, de son métro-boulot-dodo ? Tant pis, j'allais réparer moi-même certains trous du tricot. Je me suis lancée à corps perdu dans tout ce qui concernait, de près ou de loin, le Népal. J'ai lu des tas de bouquins, regardé des centaines de documentaires, des plus beaux aux plus emmerdants.

Je portais des écharpes en laine de yack et des *penjabi** violets. Je sirotais des *lassi** que je fabriquais en rajoutant de l'eau dans mes yaourts aux fruits. Dans ma chambre, au milieu de masques de Ganesh*, de lampions en papier et de fumée d'encens, je chantais « *Resham firiri** » à tue-tête, parce que je croyais que ça me faisait du bien et surtout parce que ça emmerdait ma mère.

*Resham firiri.*
*Resham firiri, resham firiri*
*Udera jaun ki dandaama bhanjyang*
*Resham firiri.*
*Udera jaun ki dandaama bhanjyang*
*Resham firiri.*

Je trouvais qu'autour de moi, tout était moche, sans intérêt, sans saveur, que rien n'égalait le

Népal, magique et mythique, avec son quotidien fait d'histoires de rois, de danseuses, de dieux qui se changent en serpents, de géants et de sorcières. Le Népal dont je rêvais était imprégné des récits de voyage d'Alexandra David-Neel*. C'était mon refuge, mon paradis. J'imaginais les sommets immaculés, les temples éclaboussants de couleurs, les odeurs de cardamome et de clous de girofle dont parlaient les bouquins que je m'enfilais jusqu'à l'overdose.

J'avais aussi décidé que j'étais hindoue, comme quatre-vingt-dix pour cent des Népalais... La décision était plus statistique qu'intuitive. J'avais lu qu'on ne pouvait pas se convertir à l'hindouisme*, la transmission devant uniquement se faire par les liens du sang. Ce qui tombait bien puisque, comme je m'en étais persuadée, c'était à coup sûr la religion de mes ancêtres.

Je ne mangeais plus de viande, lisais les traductions de textes sacrés auxquels je ne pigeais rien et vénérais Vishnu* qui devait m'aider à traverser le chaos de ma vie.

Je ne foutais plus rien en cours et n'avais plus qu'une idée : atteindre ma majorité et me tirer à Katmandou.

Les relations avec ma mère étaient pires que tout ce qu'on aurait pu imaginer. On n'arrêtait pas de s'engueuler, avec portes et mots qui claquent, à tout faire trembler.

Et puis ça s'est arrêté. Tout d'un coup. Un matin, je me suis réveillée en me rendant compte que tout ça ne rimait à rien. Je savais encore moins qui j'étais, au milieu de bols chantants* et de mantras* sacrés, dont certains, même si je ne voulais pas me l'avouer, ne me faisaient pas plus d'effet que le catalogue des promos du supermarché. Tout ça, c'était du faux, du maquillage, du rêve préfabriqué. Il manquait le plus important : un ancrage, un contexte, un sens.

J'ai quasiment tout foutu à la poubelle et le midi même, avec Alex, j'ai mangé un bon vieux steak de bon vieux bœuf, copieusement arrosé de larmes. Ma mère ne m'a rien demandé.

# 3.

— Allez, à demain, et n'oubliez pas que vous avez un devoir surveillé !

Le prof de physique range ses affaires. La salle se vide dans les gémissements des chaises et le brouhaha de nos voix.

Il y a des journées qui se traînent en longueur, où l'événement le plus important est que vous avez fini votre cartouche d'encre, et puis d'autres, comme aujourd'hui, où tout vous surprend.

Déjà ce matin, à cause de la femme au sari de lumière, j'ai raté mon arrêt de bus. J'ai couru en sens inverse jusqu'au lycée. J'ai débarqué devant le gymnase, complètement échevelée, ce qui n'a servi à rien puisque la prof était encore absente. Ça, c'est le genre de dénouement qui vous réconcilie avec votre journée, surtout quand, en plus, vous venez de constater que votre collant n'est même pas filé.

Et puis à midi, quand je suis entrée dans la salle de théâtre, Hugues m'a regardée. Je veux dire, il m'a vraiment regardée, pas juste comme si j'étais une plante ou un truc intégré au paysage. Peut-être que c'était l'effet violet cardinal. Le problème, c'est que je ne peux pas la remettre tous les mardis, cette robe, sinon il va penser que je ne change jamais de fringues.

Quand je l'ai raconté à Alex, son enthousiasme m'a semblé un peu appuyé. Parfois, je me demande s'il n'est pas amoureux de moi. Ou alors de Hugues.

— On va boire un truc ? me demande Alex à la sortie du lycée.

— OK, mais pas longtemps, il faut vraiment que je révise la physique, j'ai pas eu la moyenne au dernier DS.

On se fraye un chemin dans la foule, on traverse un nuage de fumée de clope, j'ai horreur de ça, surtout quand je viens de me faire un shampooing.

Quelques minutes plus tard, on pousse la porte du café. Josy est là, comme d'habitude derrière son comptoir, comme d'habitude avec son torchon sur l'épaule et son sourire bancal. Alex et moi, on ne va jamais au bar en face du lycée, rempli de blondes à franges qui, après les cours, ne viennent que pour piailler et parader avec leur dernier sac Darel. Notre bar à nous, il est à trois rues de là, fréquenté par quelques vieux qui viennent boire un petit ballon de blanc et rêver d'une vie meilleure en cochant leur PMU. On s'y sent bien. C'est sûr, il n'y a pas les paillettes comme en face du lycée, et parfois c'est même un peu triste, mais au moins ici, y a pas de faux-semblants, c'est la vraie vie.

On s'assoit à notre place habituelle, au fond à gauche, sous une affiche défraîchie de la Française des Jeux. En souriant, Josy m'apporte un chocolat chaud et, à Alex, un café. Pas besoin de lui dire ce qu'on veut : elle nous connaît.

Je suis en train de parler à Alex de la femme au sari. Je lui explique qu'un vrai sari hindou est toujours drapé, jamais cousu parce que, sinon, il est impur, quand soudain je sens qu'il décroche. Il ne m'écoute plus. En même temps, je ne lui en veux pas. Je ne suis pas sûre qu'il trouve le sujet passionnant. Quand je pense qu'il m'a supportée pendant toute ma période enragée, je me dis que c'est l'ami le plus sincère que j'ai jamais eu.

—Bon OK, j'arrête. Et toi alors, t'es prêt pour ton prochain tournoi ? C'est ce week-end, non ?

Pas de réponse. Pourtant, d'habitude, dès qu'on parle ping-pong, on ne peut plus l'arrêter.

—Hé, Alex ! Alex ? T'es là ?

—Chuut... te retourne surtout pas.

Ah. En fait, ce n'est pas seulement à cause du sari.

—Quoi ?

—Te retourne pas, je te dis. Y a un vieux qui vient de s'asseoir au fond.

—Euh ouais, y a un vieux qui vient de s'asseoir au fond... et donc ?

Il répond plus bas, avec les yeux tous rétrécis, on dirait qu'ils chuchotent eux aussi.

—Je l'ai vu tout à l'heure à la sortie du lycée. Et puis hier aussi, j'en suis sûr. Je m'en souviens bien parce que Kenza se disputait avec son mec, et que lui était à côté, à les regarder. Je lui ai trouvé un air super chelou.

J'ai envie d'éclater de rire.

—T'inquiète pas, papa, s'il me propose des bonbons, je sais que je dois dire non.

Alex ne rigole pas.

—Arrête, je suis sérieux. Je t'assure, il est bizarre, ce vieux. En plus, tu crois pas si bien dire, parce que j'ai bien l'impression que c'est sur toi qu'il bloque.

— Ah ! ça, c'est normal, c'est l'effet violet cardinal, je lui dis en lissant ma robe.

— En même temps, si tu voyais comme il te mate, tu ferais moins la maligne.

Je suis partagée entre la fierté et l'exaspération, ce qui est curieux parce que ce sont deux sentiments qui n'ont pas grand-chose en commun.

Je soupire et je me lève :

— Hé, tu sais quoi ? Je vais risquer une expédition aux toilettes, histoire de voir à quoi il ressemble, ton satyre.

J'opère un demi-tour pour rejoindre les toilettes. Le type est assis en face d'une tasse de thé – elle ne doit pas en vendre souvent, Josy –, il porte un pull rouge et a l'air plutôt soigné. Il doit avoir dans les soixante-cinq, soixante-dix ans. Je lui passe devant et c'est vrai que j'ai l'impression qu'il me regarde bizarrement, même s'il fait soudain semblant d'être plongé dans la contemplation du morceau de sucre qui accompagne son thé.

Maintenant, je ne suis plus tellement sûre que ça soit juste la robe. C'est peut-être un déséquilibré, genre amateur de jeunes filles indiennes. Yerk… finalement, il me dégoûte, ce vieux, avec son air bien propre sur lui.

En fait, on va se tirer vite fait, parce que je n'ai pas envie de boire un chocolat avec, dans le dos, les yeux poisseux d'un vieux déséquilibré.

# 4.

La semaine a passé, paresseuse et inconsistante. Je crois avoir bien réussi le DS de physique, je ne me suis pas trop engueulée avec ma mère, il faut dire qu'on s'est à peine croisées, et j'ai passé tout mon dimanche sous la couette, à rêver et à bouquiner du Daphné Du Maurier.

Mais ça n'a pas duré.

Finalement, Alex avait vu juste, mardi dernier, chez Josy. Je viens de sortir du lycée et le vieux au pull rouge est pile en face de moi, de l'autre côté de la rue. Je ne suis pas vraiment sûre que ça soit moi qu'il regarde, mais ce qui est certain, c'est que son visage est tourné dans ma direction. Trois fois devant le lycée et une fois au café. Ça fait trop pour une simple coïncidence. Mais c'est qui, ce type ? Qu'est-ce qu'il me veut ? J'hésite entre partir en courant et traverser la rue pour lui flanquer une baffe. Sauf que je n'oserais jamais mettre une claque à un inconnu. Surtout s'il est vieux.

Je scrute son visage comme je peux, dans l'espoir de me rappeler un truc susceptible de me mettre sur une piste. Je détaille la forme de son crâne, l'implantation de ses cheveux, sa corpulence. Rien. C'en est presque flippant...

Soudain, un éclair me traverse l'esprit. Et me glace le sang. Et si c'était... mon père ? Ma mère m'a toujours dit qu'elle l'avait rencontré au lycée : du coup, j'ai toujours pensé que c'était quelqu'un de son âge. En fait, si ça se trouve, c'était l'un de ses profs !

Je suis à deux doigts de traverser. Autant savoir tout de suite si c'est le salaud qui a planté ma mère, qui l'a laissée élever seule sa gosse. *Si tu crois que tu vas pouvoir tout rattraper, effacer toutes les années que tu as manquées, tu te goures, mon gars. Je vais t'en faire baver, crois-moi.*

— Hum hum... Salut Marie.

Je me retourne en sursaut.

Oh ! mon Dieu. Je rêve.

Hugues, Hugues Cartier-Dampierre est en face de moi, avec son blouson en cuir marron et ses yeux à vous retourner n'importe quel estomac.

— Excuse-moi, je t'ai fait peur !

Je m'empresse d'aligner trois « non » énergiques. Je dois être de la même couleur qu'une robe de mariée hindoue. Écarlate.

Hugues continue :

— Mmmh... ça va ?

— Oui.

— Je voulais te dire... je t'ai bien observée, aujourd'hui. Et... je trouve que ton jeu... est juste.

Mon jeu. Ma tête est pleine de vide. Je dois ressembler à une carpe koï. Il a l'air d'attendre une réponse, mais comme elle ne vient pas, il poursuit, persévérant :

— Et donc... tu penses continuer l'option théâtre, l'année prochaine ?

Mais bien sûr, le théâtre. Ce que je peux être cruche.

— Ah oui ! Euh... oui, oui, ça me plaît bien, oui, je pense que je vais continuer.

Il me sourit :

— Cool. Moi aussi.

Je ne sais pas quoi dire. Un silence à fendre à la tronçonneuse s'installe entre nous deux. Il remet son sac sur son épaule.

— Bon, ben, je dois y aller. À plus !

— Oui, à plus !

Je reste plantée sans bouger. Mais à l'intérieur de moi, ça explose et ça bouillonne.

Hugues Cartier-Dampierre est venu me parler. Il connaît mon prénom. Il trouve que je joue bien. Finalement, il était fait pour moi, ce rôle de cuisinière.

J'ai l'impression d'avoir avalé dix tubes de vitamine C. Je pourrais faire trois fois le tour du lycée en courant avec des rondins de bois attachés derrière moi, que je ne suis même pas sûre que cela suffirait à me calmer. Si j'étais encore dans ma période enragée, j'irais directement faire une offrande à Kâma, le dieu de l'amour, pour le remercier d'avoir décoché ses flèches aux cinq fleurs alignées.

Alex arrive et explose de rire. Je dois avoir l'air complètement extatique. Enfin, niaise, quoi.

— Mais qu'est-ce qui t'arrive ?

Je lui saute au cou comme une hystérique et, avant de tout déballer, je regarde quand même si Hugues n'est plus dans les parages.

— Tu devineras jamais !

— Vas-y, dis !

— Hugues Cartier-Dampierre est venu me parler !

Là, il est scotché. Ses yeux sont aussi ronds que des plateaux à offrandes hindous :

— Nooon ? C'est pas vrai ? Comment ça s'est passé ? Et qu'est-ce qu'il t'a dit ?

— J'étais juste là, en train d'observer le vieux…

Merde, le vieux ! C'est pas vrai, je l'ai oublié. Je me retourne à la vitesse de l'éclair pour regarder à l'endroit où il était. Personne. Il a disparu.

Je crie :

— C'est pas vrai ! Il a filé !

— Qui ?

Les mots se bousculent hors de ma bouche :

— Le type, le type au pull rouge du café ! Le timbré du mardi ! Il était là, juste en face, à m'espionner !

Je reprends mon souffle et rajoute avec une voix qui a l'air d'appartenir à quelqu'un d'autre que moi :

— Alex… ce type… et si c'était mon père ?

# 5.

Je saute du bus et commence à marcher dans la rue sombre. Il bruine, je rabats ma capuche et plonge les mains dans les poches de ma doudoune. Sur le trottoir, mes bottes claquent et résonnent. Un chat efflanqué, qui n'a l'air d'appartenir à personne d'autre que la nuit, se frotte contre une poubelle en miaulant.

Et moi, dans le noir, je souris jusqu'aux oreilles. Parce que la lumière, la chaleur et la légèreté qui manquent à cette fin d'après-midi d'hiver, je les ai à l'intérieur de moi. Grâce à Hugues Cartier-Dampierre.

Pendant quelques minutes, j'ai bien cru que le vieux au pull rouge allait plomber mon joli bonheur tout neuf. Mais j'en ai discuté avec Alex qui, pour une fois, s'est montré plus rationnel que moi, et maintenant, je suis sereine. Il a fini par me convaincre que la meilleure manière de liquider cette histoire, c'est d'aller lui parler, la prochaine fois que je le vois traîner devant le lycée. Au moins, je serais fixée.

Pour déminer le terrain, on a listé les différentes possibilités, avec les plans d'attaque correspondants.

*Hypothèse glauque :* c'est un malade, auquel cas je lui flanque la trouille en lui disant que je l'ai pris en photo devant le lycée et que je peux filer le dénoncer au commissariat. Ça ne me fait pas peur. En plus, avec la foule qu'il y a à la sortie des cours, je ne risque rien.

*Hypothèse optimiste :* en fait, il n'était pas du tout là pour moi, c'est le père d'un prof ou le grand-père d'un lycéen, ou je ne sais pas, moi, un peintre, un écrivain ou un vieux sociologue qui fait des recherches pour un projet fumeux sur la jeunesse d'aujourd'hui. Dans ce cas, j'aurai l'air d'une gourde, mais une gourde soulagée, ce qui est toujours mieux que le cas de figure précédent.

*Hypothèse tremblement de terre :* c'est mon père, enfin, mon géniteur, quoi. Et là... ben là, je ne sais pas. J'improvise. Mais ce qui est sûr, c'est que ça risque plus de ressembler à du Tarantino qu'à du Walt Disney.

Je continue à marcher, des bulles de savon dans la tête. Je pense à Hugues et j'ai hâte que la semaine passe, pour que l'on soit à nouveau mardi. C'est étrange comme certaines choses banales peuvent prendre une signification toute particulière. Maintenant, le mardi, ce n'est plus juste le jour de la semaine qui vient après le lundi. C'est désormais celui que j'attends avec impatience, le jour béni par Ganesh, le jour où les lotus fleurissent.

Je tourne à droite et je traverse le parking du supermarché, au milieu des lumières des phares, des vrombissements des moteurs et des tressautements de caddies maladifs. Il m'a fallu des années pour découvrir que c'était un raccourci, ce parking.

Une fois de l'autre côté, je descends les escaliers. Le bruit et la lumière s'éloignent. Les lampadaires ne fonctionnent plus depuis des semaines, je me demande ce qu'ils attendent pour les réparer.

C'est étrange. Le temps de descendre les marches et voilà que je me sens moins légère, moins sereine. J'ai un drôle de sentiment. Pesant. Angoissant.

Comme si… comme si j'étais suivie.

Mon cœur se met à battre la chamade. J'avance plus vite, mes bottes clac-clac-claquent, cette fois c'est sinistre. Je regarde frénétiquement à droite et à gauche, j'ouvre les yeux aussi grands que je peux, comme si ça pouvait me permettre de voir dans l'obscurité.

J'entends du bruit sur la gauche. Je fais un bond, d'au moins vingt centimètres de haut. Cette fois je suis cuite, je suis sûre qu'un taré va surgir des buissons, prêt à me violer et m'égorger au fond d'une cave pourrie.

Ce n'est pas un taré, juste un pigeon. Un abruti de pigeon qui m'a pratiquement causé une crise cardiaque. Mais je ne suis pas rassurée pour autant. Peut-être que le bruit ne venait pas des buissons. Derrière ? Je me retourne tout en continuant d'additionner les petits pas stressés. Personne. Je tente de relativiser. *Tu passes ici tous les soirs, Marie. Il ne t'est jamais rien arrivé. En plus, tu vas forcément finir par croiser quelqu'un.* Une jolie petite famille qui s'en va faire ses courses à pied, ou une femme, avec une poussette de préférence.

Oui, une poussette et un bébé qui braille, ça serait parfait.

Je regarde à nouveau derrière moi et c'est alors que je le vois. En bas des escaliers, à dix mètres de moi.

Le type au pull rouge. Pas de doute, il est là pour moi. À cette distance, avec les seules et lointaines lumières du parking, il n'a pas l'air si vieux que ça. Il me semble même grand et baraqué. Mon rythme cardiaque s'accélère encore. Je tourne la tête de tous les côtés. Il n'y a pas quelqu'un qui va passer, dans ce putain de chemin de merde ?

Je presse le pas.

— Hé, mademoiselle !

L'onde sonore me percute par surprise. Il a une voix de crécelle. Je cours.

Je me retourne, je crois bien qu'il court aussi. Je déboule enfin dans ma rue, bien éclairée, avec plein de petits commerçants et de voitures rassurantes comme je les aime soudain. J'ai l'impression d'avoir atteint la rive après un naufrage. Au bout de quelques mètres, je ralentis et me force à respirer calmement.

Là, dans la lumière et les bruits familiers du

quartier, je sens ma confiance revenir progressivement. Je repense à ma discussion avec Alex, à la résolution que j'ai prise. Je stoppe brutalement devant la pharmacie, îlot de sécurité bien éclairé. Je vais l'attendre ici. Il ne m'arrivera rien. Et on va en finir.

## 6.

Le type au pull rouge surgit à l'angle de la rue. Il regarde à droite, puis à gauche. Puis me voit. Nos regards se croisent. Il semble hésiter, comme s'il attendait l'autorisation d'avancer. Je continue à le fixer. Il se met à marcher dans ma direction. Sous la lumière des lampadaires, il n'a plus du tout l'air terrifiant. Ni musclé.

Si je n'étais pas si stressée de savoir de qui il s'agit et ce qu'il me veut, je crois que je me mettrais à rire comme une tordue en me repassant le film que je viens de m'inventer.

Mais pour l'instant, alors qu'une dizaine de mètres nous séparent encore, je pense simplement que, au cas où il serait vraiment mon père, ma vie ne sera bientôt plus jamais comme avant.

Il se poste à deux mètres de moi. Nous sommes

là, à nous regarder droit dans les yeux, immobiles sous l'auvent de la pharmacie.

Je ne dis rien. Je ne bouge pas.

Il me sourit.

Il me sourit, et malgré moi, je ne peux m'empêcher de penser que c'est de la douceur qui éclaire son visage. Ça m'énerve. Il dit, avec une voix qui n'a plus rien à voir avec celle que j'ai entendue tout à l'heure :

— Tu lui ressembles tellement.

Oh ! punaise, c'est pas vrai. J'avais vu juste, c'est mon père. Mon connard de père. À l'intérieur de moi, je sens un orage qui gronde. Une tempête. J'ai tellement de choses à lui balancer que j'ai l'impression que je vais lui vomir d'un coup tous mes reproches, toutes mes frustrations, toute l'aigreur ressassée durant ces années et que je n'ai jamais pu soulager.

— Si tu savais comme je suis content de t'avoir retrouvée.

— Moi pas.

Je l'assassine du regard.

— Et d'abord, comment vous savez que c'est moi que vous cherchez ?

Il prend un air mi-amusé, mi-attendri, ça me débecte :

— Pas de doute. Ça non, on ne peut pas se tromper. Tu es le portrait de Sajani quand je l'ai rencontrée.

Sajani ? Mais qui c'est ? Je sais que c'est un prénom népalais, il me semble qu'il veut dire « bien-aimée », mais à part ça, je ne vois pas de qui il peut bien parler. Je cherche où j'aurais pu rencontrer une fille prénommée ainsi. Peut-être à l'Alliance de Katmandou ? Sajani, Sajani. Non, ça ne me dit rien. Je suis paumée. Et surtout, je ne suis plus si sûre qu'il s'agisse de mon père.

Je réponds aussi sèchement que je peux :

— Je ne connais pas de Sajani. Vous devez vous tromper de personne. Et maintenant, vous allez arrêter de me suivre et de traîner en face du lycée, sinon je porte plainte au commissariat.

Je tourne les talons et commence à marcher, avec toute ma rancune qui me reste sur les bras. Je suis carrément énervée. En fait, je lui en veux de ne pas être mon père.

— Attends !

Il me rattrape par le coude, que je retire brutalement. Pour qui il me prend ? Ça va pas de me toucher comme ça ?

— Marie, j'ai mis du temps à te retrouver. Laisse-moi une chance de te parler.

Le son de mon prénom dans sa bouche… ça me donne l'impression qu'on me plante des milliers d'aiguilles dans les pieds. C'est donc bien moi qu'il cherchait.

— Qu'est-ce que vous me voulez ? Et qui êtes-vous ?

Il me tend la main, je ne la lui prends pas.

— Je m'appelle Jean Carteret, et je suis le mari de ta grand-mère.

— Mes grands-parents sont morts avant ma naissance.

Il me regarde avec un air indéfinissable. De la peine, peut-être.

— C'est ce que Dahoe t'a dit ?

Cette fois ça suffit, je n'en peux plus, de ce dialogue de sourds. Je ne comprends rien.

— Mais qu'est-ce que vous me racontez, à la fin ! Je ne sais pas de quoi vous parlez. Qui c'est, Dahoe ?

— Ta maman.

C'est tout simplement surréaliste.

— Elle s'appelle Anne, ma mère.

Il a un petit sourire triste.

— Ta mère n'a jamais accepté son prénom népalais. Mais c'est la vérité, c'est Dahoe que ta grand-mère avait choisi pour elle. Cela veut dire « le reflet de la lune ».

Je le regarde sans le voir. Tout se bouscule dans ma tête.

— J' vous crois pas. Vous racontez n'importe quoi.

Je me raccroche à ce que je peux :

— Tout ça, c'est du baratin. Si vous croyez que ça va suffire pour m'embobiner, vous vous plantez complètement. Vous perdez votre temps, je ne vous suivrai nulle part.

Il secoue doucement la tête :

— Marie, je ne te veux aucun mal. Tu dois me croire. J'ai rencontré ta grand-mère au Népal et elle est venue en France avec moi. Regarde.

Il sort de sa poche une vieille photo jaunie. Je l'y reconnais immédiatement. Il sourit, dans une rue trouée de flaques d'eau et remplie de gamins rieurs. À ses côtés, une jeune fille aux yeux tristes. La même que sur la photo dans le placard de ma mère.

Un gouffre s'ouvre devant moi. Mon cœur n'a jamais battu aussi vite. Moi qui ai toujours rêvé d'en savoir un peu plus sur la famille que je n'ai pas. Voilà, c'est en train d'arriver. Mais d'une manière dont je ne me serais jamais doutée.

Je reprends mon souffle et lui demande d'une petite voix :

— Vous êtes donc mon grand-père ?

Il range la photo et me répond d'un air grave :

— Pas vraiment. Enfin, pas au sens biologique du terme. Ta grand-mère était déjà enceinte quand je l'ai rencontrée. Enceinte de ta mère, de Dahoe.

— Anne.

— Oui, Anne, si tu préfères.

Des milliards de questions s'emmêlent dans ma tête. La première fuse, quasi au hasard :

— Comment vous m'avez retrouvée ?

— Ce serait long à expliquer. Tout ce que je peux te dire, c'est que ça n'a pas été facile. Après son départ, ta mère ne nous a plus donné aucun signe de vie.

Ses paroles résonnent dans ma tête. Ma mère, partie sans laisser de traces… C'est comme s'il me parlait de quelqu'un que je ne connais pas.

Qui est-elle vraiment, pour avoir caché son passé ? À sa propre fille ? Et ces gens qui se disent être mes grands-parents, pourquoi m'ont-ils ignorée si longtemps ? Je sens la colère qui monte, comme une armée de fourmis de feu grimpant le long de mes jambes.

— Pourquoi maintenant ? Pendant seize ans, je ne vous intéresse pas et puis, un matin, vous vous levez en vous disant : « Tiens, après les courses au supermarché, si on débarquait dans la vie de notre petite-fille ? » Et d'abord, comment saviez-vous que j'existais ?

— On ne savait pas. On espérait.

Il me tend un petit carnet rouge, recouvert de papier lokta*.

— Prends. C'est pour toi.

Ses yeux se voilent. Je le regarde sans comprendre.

— Sajani est morte il y a quelques mois. Un cancer. Elle pensait que si elle avait des petits-enfants, ils voudraient peut-être en savoir plus sur leurs origines. Elle caressait l'idée de rester vivante dans la tête de quelqu'un d'autre. Comme… comme dans une vraie famille.

J'ouvre le cahier. Sur la première page, deux petites phrases écrites en lettres régulières sur du papier brun.

*Je suis Sajani Shakya*, douzième Kumari* royale de Katmandou. Et, quoi qu'il se passe, je le resterai toute ma vie.*

# 7.

Dans le drap sombre d'une soirée de novembre, devant la banale pharmacie d'un médiocre quartier de banlieue, je venais d'apprendre que ma grand-mère avait été la douzième Kumari royale de Katmandou. De la bouche d'un ersatz de grand-père dont j'ignorais totalement l'existence une heure avant.

Les quelques articles que j'avais lus au sujet des Kumaris me sont immédiatement revenus en tête. Des fillettes considérées comme l'incarnation d'une déesse, tant par les bouddhistes que par les hindous. Adulées, gâtées, craintes et ultra-protégées dans l'enceinte d'un sublime palais, jusqu'à ce que la première goutte de sang, souvent menstruel, s'écoule de leur corps. Puis plus rien. Jetées sans éducation, sans armes dans la vraie vie et remplacées par une autre Kumari. *Welcome to the real world.*

J'ai entraîné Jean dans le premier endroit que j'ai trouvé. Peu importait le lieu, je voulais juste que l'on puisse s'asseoir et parler. Parler, parler et parler encore avant qu'il ne s'en aille et que je perde la seule occasion qui m'ait été donnée, en seize ans, de savoir d'où je viens et peut-être un peu qui je suis. Ma grand-mère, une Kumari royale. Un être d'exception. Jamais je n'aurais imaginé être la descendante d'une déesse incarnée. C'est plus fort que tout ce à quoi je pensais.

Assise sur le banc d'une laverie automatique, sous un néon de couloir d'hôpital, je serre le carnet rouge entre mes mains, si précieux des promesses qu'il contient.

Jean me sourit :

— J'ai souvent pensé à cette rencontre. J'avais même prévu ce que j'allais te dire, mais maintenant que je suis en face de toi, je ne sais plus par où commencer.

Il jette un coup d'œil à l'horloge murale :

— Da… Anne ne va pas s'inquiéter que tu ne sois pas à la maison ?

— Non, elle bosse la nuit. Elle part vers 18 h 30, il arrive que je ne sois pas rentrée.

Il fronce légèrement les sourcils. Je vois très bien ce qu'il peut imaginer.

— Elle est infirmière. Service des grands brûlés.

Je montre le carnet rouge :

— Ces mémoires, c'est Sajani qui les a rédigées ?

— D'une certaine manière. Comme toutes les Kumaris, ta grand-mère n'a pratiquement reçu aucune éducation. Une déesse n'a pas besoin d'apprendre à lire ou à écrire. Plus tard, c'est moi qui l'y ai aidée, mais elle n'a jamais suffisamment maîtrisé notre langue pour coucher son passé sur le papier. Et de toute façon, pour tout ce qui concernait sa vie au Népal, c'est dans sa langue maternelle qu'elle préférait s'exprimer. Ce témoignage, c'est un travail que nous avons mené tous les deux. Elle racontait, j'écrivais. J'ai aussi fait des recherches pour éclaircir les points que je ne connaissais pas.

— Vous parlez le népali ?

Il opine de la tête. Je suis sciée. Si peu d'Occidentaux le parlent, ils sont encore moins nombreux à l'écrire. L'alphabet, le *devanagari*, est composé de symboles qui n'ont rien à voir avec nos lettres et leur simple identification est loin d'être facile. Je le sais, parce que j'ai essayé d'apprendre, pendant ma période enragée.

—Mais comment... enfin je veux dire, vous n'avez pas l'air originaire de là-bas, alors vous êtes quoi ? Prof de népali, ethnologue, quelque chose dans ce genre-là ?

—Non, j'étais seulement amoureux du Népal. Je le suis encore, d'ailleurs. Ça m'est arrivé très jeune, je devais avoir seize ou dix-sept ans. On m'avait offert un carnet de voyage sur ce pays et j'ai eu un choc. Une sorte de révélation. Je suis parti deux jours après avoir fêté mes vingt ans et j'y suis resté plus de douze ans.

—Et c'est là que vous avez rencontré ma grand-mère.

—Exactement.

—Comment ?

Pendant une fraction de seconde, une ombre passe devant ses yeux. Comme un malaise, ou une hésitation.

—J'arrivai à Katmandou après avoir passé plusieurs années à voyager à travers le pays, depuis le Mahakali jusqu'au Sagarmatha. J'ai trouvé ce petit boulot, dans une roulotte. Je vendais des plats traditionnels pour quelques roupies. Ta grand-mère venait y acheter des *dal bath**, il s'agit...

— … d'un mélange de lentilles et de riz. Je sais. Je m'intéresse un peu… enfin pas mal au Népal.

Il pose ses mains sur son pantalon de velours. Ses yeux luisent.

— Sajani aurait été contente de le savoir.

Tu m'étonnes que ça lui aurait fait plaisir que sa petite-fille se passionne pour son pays, vu que sa fille s'en fiche comme d'un vieux coton-tige.

— Elle achetait des *dal bath*, et donc ?

— Eh bien, elle était si… étrange. Son visage m'a tout de suite intrigué. J'ai eu envie de savoir qui elle était.

Je repense à la jeune fille de la photo. Des yeux tristes et une expression indéfinissable.

— C'était quand ?

— En 1972. Elle avait vingt ans, j'en avais trente. Le roi* Birendra Bir Bikram Shah Dev venait d'arriver au pouvoir. Ce fut l'un des derniers avant l'abolition de la monarchie.

— Mais pourquoi êtes-vous revenus en France ? Moi, si j'étais partie là-bas, j'y serais restée toute ma vie…

Du menton, je fais un signe en direction de la rue. La vulgarité des affiches criardes, le visage fermé des passants, les regards qui s'évitent et les papiers gras de kebab, sur les trottoirs. Tout ça, à comparer à Katmandou la Glorieuse, avec ses temples enveloppés de volutes d'encens et ses drapeaux à prières ondulant dans le vent.

— Qu'est-ce que vous cherchiez de mieux ici ?

Jean opine de la tête, comme pour me montrer qu'il partage mon avis. Je le connais depuis une heure à peine et j'ai l'impression qu'on est sur la même longueur d'onde. Moi aussi, je suis née dans un pays qui ne me ressemble pas. Moi aussi, je suis amoureuse du Népal.

Je regarde ce visage fatigué de rides, ces yeux clairs et profonds, et je pense à tout ce qu'ils ont vu là-bas. Les montagnes qui touchent le ciel, les rizières étagées, les forêts de rhododendrons, les rues étroites et animées, entre rickshaws* et vaches sacrées…

— À cette époque, le climat politique était un peu tendu. Et puis il valait mieux que Sajani s'éloigne de ce pays. Elle avait pas mal de choses à oublier.

Il me montre le carnet.

— Tu comprendras en le lisant. Si tu le souhaites.

J'ai envie de rire.

— Si vous pensiez que j'allais le laisser moisir

sur un coin de ma table de nuit, vous vous seriez vraiment donné tant de mal pour me retrouver ?

Il plonge ses yeux dans les miens.

— Non. Mais il y a parfois des vérités difficiles à accepter.

Il fait une pause avant d'ajouter :

— Marie, ne va pas trop vite. Prends le temps de réfléchir avant de faire quoi que ce soit.

Il se lève :

— Mes coordonnées sont à la fin du carnet.

# 8.

*Nous étions en 1956 et j'étais la deuxième fille de la famille. Comme pour toutes les autres fillettes au Népal, ma naissance avait dû être vécue comme une calamité. Une fille, une bouche inutile de plus à nourrir, une dot de plus à payer.*

*Si j'étais née plus tard, la technique aurait permis à mes parents d'éviter ce genre d'ennui.*

*Je n'ai que quelques souvenirs très fugaces de ma vie avec eux, mais pour autant, je ne crois pas avoir manqué d'affection. J'étais là, j'avais échappé aux maladies qui emportaient beaucoup de nouveau-nés, il fallait bien s'accommoder de ma présence.*

*Ma vie était certainement toute tracée, travaux domestiques jusqu'à mes dix, douze ans, puis mariage avec celui dont la famille n'exigerait pas une trop forte somme d'argent.*

*Née fille dans le clan bouddhiste des Shakyas*,*

*descendants du prince Siddhârta, mon seul espoir serait d'être réincarnée en homme dans ma prochaine vie.*

*Je pense comprendre ce qui a poussé mes parents à me présenter aux prêtres. Avoir enfanté une Kumari était un honneur et un sort enviable, qui devrait améliorer leur karma* et donc favoriser leur prochaine réincarnation. Sans compter les dons des fidèles et l'argent qui ne manqueraient pas d'affluer. Je ne sais pas comment j'aurai agi si j'avais été à leur place. Mais je ne sais pas quel a été le déclic. Peut-être que ma mère avait rêvé du fameux serpent rouge, qu'on assure être un présage certain de la Désignation.*

*Je présentais les trente-deux critères du Bouddha* et mon horoscope correspondait exactement à celui du roi : peut-être que finalement je n'étais pas qu'un deuxième fardeau sous leur toit.*

*J'avais tout juste quatre ans. Comme toutes les autres Kumaris, j'étais trop jeune pour avoir gardé un souvenir précis de la cérémonie du Choix. Nul ne peut prétendre décrire avec exactitude ce qui s'y passe, puisque, en dehors des prêtres qui en gardent le secret, personne ne peut y assister.*

*Voilà cependant ce que l'on raconte.*

J'ouvre l'appartement, balance mon sac sur le côté et me laisse glisser le long de la porte d'entrée, sans prendre la peine d'enlever ma doudoune trempée.

Assise sur le carrelage moucheté, je relis la description du processus qui mène à la désignation de la Kumari royale.

Être née de parents vivants à Katmandou depuis trois générations. Appartenir à la caste* des Shakyas, c'est-à-dire des orfèvres bouddhistes de l'ethnie Newar*. Moi qui pensais être issue d'une famille hindoue, je me suis plantée. Connerie de statistiques.

J'imagine les Pancha Buddha*, ces cinq prêtres bouddhistes chargés d'examiner une à une les petites candidates, vérifiant d'un air grave que les trente-deux critères de perfection du Bouddha sont bien là, écartant sans ménagement celles qui n'y répondent pas. Une excellente santé, la peau douce et sans défaut, des bras fins et longs, des dents blanches et régulières, de longs doigts de pied, des épaules rondes, une langue humide, petite et bien proportionnée, la voix d'un moineau, les yeux noirs ourlés de cils comme ceux d'une vache sacrée, les joues comme celles d'un lion, une belle ombre dorée, les organes sexuels enfoncés, le cou en forme de conque, les cheveux raides mais légèrement bouclés vers la droite, le front large, le corps robuste tel l'arbre sous lequel prêcha le Bouddha...

Je regarde mes mains, puis retire bottes et chaussettes pour examiner mes pieds. Et moi, est-ce que j'en ai hérité, des caractéristiques sacrées ? Est-ce que j'aurais pu être sélectionnée ?

*Vient alors la terrible Kalratri, « la nuit noire », célébrée le huitième jour de la fête de Dasain*. Là où les petites filles répondant aux trente-deux critères sont tour à tour conduites dans une pièce sombre remplie de cent huit têtes de buffles et de moutons venant d'être sacrifiés. Au milieu des corps sans vie et des hurlements poussés par des hommes affublés de masques effrayants, sous la lumière vacillante de bougies placées entre les cornes des animaux, les candidates doivent passer une nuit. Celle qui possède vraiment les qualités requises pour incarner la terrible déesse Taleju*, telle que l'appellent les hindouistes, ou Vajra Devi, telle que l'appellent les* *bouddhistes, ne montre aucune crainte pendant cette épreuve. Elle ne pleure ni ne crie.*

*Je n'ai pas de réels souvenirs de cette nuit. Tout ce que je sais, c'est que dans mes cauchemars actuels et passés, mes peurs les plus terribles s'incarnent toujours sous la forme de têtes de moutons arrachées.*

Je lève le nez du carnet. Je sais parfaitement à quoi ça ressemble, un enfant de quatre ans. Mélody, la petite que je garde de temps en temps, ne fait rien sans son doudou et hurle de terreur dès que son abruti de père imite le loup pour se marrer un coup.

J'imagine ma pauvre petite grand-mère de quatre ans au milieu de ces têtes coupées, de cette odeur métallique de sang, et ça me donne envie d'enfoncer les immenses portes sculptées pour courir la chercher.

*Les épreuves qui suivent sont moins spectaculaires.*

*Devant un étalage de tenues traditionnelles, la candidate doit retrouver, sans hésiter, celle qui a réellement appartenu à la Kumari qu'elle va remplacer, à l'instar du rituel pratiqué pour la désignation du dalaï-lama.*

*Un énorme collier d'argent en forme de serpent est alors posé autour du cou de la petite fille qui, là encore, ne doit ni crier, ni montrer le moindre signe de faiblesse. Elle portera ce collier pendant de nombreuses années, jusqu'à ce qu'il soit transmis à une autre Kumari.*

La sonnerie de mon portable me tire de ma lecture. À contrecœur, je tends le bras pour attraper mon sac. C'est Alex. Je décroche et, sans le laisser parler, je lui dis :

— Alex, tu ne devineras jamais ce qui m'arrive.

# 9.

J'ouvre les yeux, ma tête est lourde et embrumée d'un rêve déjà vague. Je réalise que je ne suis plus à Durbar Square*, dans le palais de la Kumari, mais dans ma petite chambre de dix mètres carrés, avec sa tapisserie fatiguée qu'on n'a jamais eu le courage de changer. Ma première pensée est pour Sajani. Ce que j'ai vécu hier, en sortant du lycée, est-ce que c'était vrai, ou bien est-ce que je l'ai rêvé ?

Je glisse les mains sous mon oreiller. Mes doigts heurtent un petit objet aux contours réguliers. Le carnet rouge. La vache. Je n'ai pas rêvé.

Je regarde mon réveil : 6 h 32. J'ai sommeil et je meurs de faim. J'ai discuté avec Alex sur MSN jusqu'à deux heures du matin et puis j'ai lu un autre chapitre du carnet. Je n'ai même pas pensé à manger.

Je replace soigneusement mon oreiller et

m'extirpe de sous ma couette. Le moindre de mes gestes me ramène à Sajani. Est-ce qu'elle avait une vraie chambre d'enfant, derrière ses fenêtres sculptées ? Est-ce qu'elle dormait avec des dames de compagnie ou sous la protection de gardes prêts à tout pour défendre leur petite déesse sacrée ?

J'allume le gaz. Tandis que le lait chauffe, je saute d'un pied sur l'autre pour tenter de diminuer le temps de contact avec le carrelage glacé de la cuisine. Je ne trouve jamais mes chaussons, ma mère dit que ce n'est pourtant pas comme si on avait un chien qui nous les piquait.

Je ne sais pas si je dois lui en parler. Je ne voudrais pas courir le risque de tout faire foirer avant d'avoir tout lu, tout compris. Elle est tellement… entière, sur ce sujet, que j'aurais peur qu'elle cherche le carnet pour le brûler, ou qu'elle retrouve Jean pour le menacer alors que j'ai encore tant à lui demander. D'ailleurs, c'est lui qui a dit : « Prends le temps de réfléchir avant de faire quoi que ce soit. » Peut-être que c'était à ma mère qu'il faisait allusion. Ça a l'air fou d'envisager qu'une infirmière de quarante balais puisse avoir un comportement aussi stupide, mais c'est la vérité, j'ai peur qu'elle pète les plombs.

Alex dit qu'elle va forcément s'apercevoir de quelque chose. Peut-être qu'il a raison. Les mères ont un don incroyable pour déceler le moindre truc qui cloche chez leurs enfants.

Je m'assois à la table, un pied replié sous les fesses, devant mon bol fumant.

Au pire, si elle me pose une question, je peux toujours essayer de lui raconter que c'est une histoire de cœur. Je me beurre une tartine en pensant à Hugues Cartier-Dampierre et son blouson de cuir brun. C'était hier et pourtant, j'ai l'impression que c'était il y a cent ans.

Le pot de crème de marrons est quasiment vide. Avec le doigt, je racle le fond pour récupérer les milligrammes de douceur restant. Ça m'étonnerait que la petite Sajani ait connu le bonheur de tremper son doigt dans un pot de confiture. À l'heure du petit déjeuner, elle était peut-être déjà grave et sérieuse, engoncée dans ses lourds habits de cérémonie, fardée, couverte de bijoux et de fleurs.

Je rajoute un peu de lait froid dans mon cacao et, alors que je regarde le liquide blanc se mêler au chocolat, mon rêve de la nuit passée me revient en tête, brutalement. C'est étrange, les rêves. Certains n'ont besoin que d'un déclic pour resurgir alors que d'autres disparaissent à jamais.

Cette nuit, j'étais la nouvelle Kumari.

Je venais d'être choisie. Les prêtres m'ont emmenée au temple pour le rituel de purification, pour que je puisse être digne d'abriter l'esprit de la déesse.

Je suis allongée sur un autel de bois recouvert d'un tissu rouge. Au-dessus de moi, une sculpture de Taleju, épouse de Shiva*, étend ses multiples bras.

Une clochette indique le début de la célébration. C'est le temps des *pujas**, des offrandes. Dans le seul chuchotement feutré du tissu de leur robe, les prêtres allument des lumières tout autour de moi : des bougies, des cierges, des lampes à huile à la cuirasse dorée. Des offrandes sont déposées dans des bols, aux pieds de la sculpture représentant la déesse. De l'eau parfumée, des fleurs de frangipanier, des bâtonnets d'encens, des fruits mûrs, un coquillage nacré, des *ting-sha*, les petites cymbales tibétaines utilisées par les bouddhistes pour la prière.

Les yeux rivés sur le plafond de bois, j'attends et je me demande pourquoi mes parents ne sont pas avec moi.

Vient alors le temps de la purification. On me déshabille entièrement. J'ai froid. Le prêtre principal commence à me laver, pour nettoyer mon corps de ses expériences antérieures.

Puis il enduit mes pieds d'une huile à l'odeur musquée, tandis qu'un autre tamponne mon front de camphre et de pâte de santal. Enfin, à l'aide d'une plante réputée pour ses pouvoirs de purification, il touche mes yeux, mon nombril, ma gorge et d'autres endroits que personne n'a jamais effleurés. Je n'ose pas bouger. Je suis terrifiée. Je ne comprends pas, on ne m'a rien expliqué.

Pendant vingt-quatre heures, au son d'incantations et de prières ânonnées, dans la fumée suffocante des encens allumés, on me prépare à recevoir l'esprit de Taleju. Ils me font répéter des mantras. Ma gorge est sèche, je demande de l'eau. On me répond que je n'ai pas le droit de boire ni de manger jusqu'à ce que la purification soit terminée.

Demain, je serai la nouvelle Kumari. On me remettra officiellement l'épée du pouvoir, celle de la déesse que j'incarne. Mais pour l'instant, je suis une petite fille de quatre ans, étourdie par les sonorités graves des chants religieux, et qui se réfugie dans le sommeil, sonnée par ce qui vient de lui arriver.

On me réveille avec précaution et délicatesse. On m'habille d'une robe lourde et précieuse, rouge comme le sang. On me maquille et me couvre de bijoux. J'ai l'impression que cela n'en finit pas. Enfin, entre le bordeaux des jupes des moines, je suis guidée dans les couloirs du temple, jusqu'à la sortie.

La lumière du soleil me pique les yeux. J'avale une grande bouffée d'air moite. Il me semble pourtant si frais par rapport à l'ambiance confinée de la salle dans laquelle on m'a gardée toute la nuit. Les cris de la foule résonnent de tous les côtés, des gardes sont obligés de repousser les gens qui veulent me toucher.

La place de Durbar Square est recouverte d'un immense tissu blanc qui, sous le vent, ondule comme une mer de lait. Je traverse sous les acclamations des habitants pour rejoindre le Kumari Ghar, le palais dans lequel je vais désormais habiter. Ce sera la dernière fois que mes pieds toucheront la terre. Maintenant, dès que je sortirai, on me transportera dans un grand palanquin, pour éviter que je ne sois souillée par le sol impur.

Le palais est une très vieille maison percée de multiples fenêtres sculptées. À l'entrée se dressent deux immenses lions de pierre blancs, ornés de peintures vertes, jaunes et rouges. Dans leur gueule ouverte, leurs crocs sont menaçants. Je suis minuscule.

Les deux panneaux de la grande porte de bois s'ouvrent en grinçant.

On me pousse doucement en direction de l'entrée. Je ne peux détacher mes yeux du trou noir et béant.

Derrière, ma nouvelle vie va commencer.

# 10.

— Alors, tu vas lui en parler ?

— À ma mère ?

Alex hoche la tête en signe d'assentiment. C'est la pause de 10 heures et on est dehors à se geler dans la cour du lycée. Désespérant, interminable mois de novembre.

— Non, je ne crois pas. Je vais attendre un peu. Je me disais que j'aimerais bien aller voir Jean et je ne voudrais pas qu'elle m'en empêche.

— Tu sais où il habite ?

— Non. Mais il m'a laissé son numéro de téléphone. C'est un 04. J'ai cherché, c'est l'indicatif du Sud-Est.

Un peu de rire passe dans les yeux d'Alex :

— Quand je pense qu'on l'a pris pour un vieux pervers cinglé.

Il fait une pause avant d'ajouter :

— N'empêche, c'est quand même un truc de fou, ce qui t'arrive. Tu te rends compte, ta grand-mère était une espèce de déesse et toi, tu le savais même pas. C'est con qu'elle soit morte, je serais bien allé la voir avec toi.

Je le fusille du regard :

— Alex, j'adore ta délicatesse. Tu es vraiment très fin, comme gars.

Il fait la moue :

— Excuse-moi. C'était nul. Qu'est-ce que tu comptes faire, maintenant ?

— Comment ça ?

— Ben, je sais pas. T'as pas envie d'aller là-bas, voir un peu à quoi ça ressemble ? Durbar truc, l'actuelle Kumari, tout ça ? C'est hyper excitant, non ?

Je soupire.

— J'ai toujours eu envie d'aller au Népal, de toute façon. Mais c'est pas vraiment le genre de sortie qui se prévoit pour le week-end. Rien que le billet d'avion, ça coûte un bras. Et puis je me vois bien dire à ma mère : « Au fait, pour les prochaines vacances, je me tire à Katmandou voir où vivait ma grand-mère ! »

Alex hausse les sourcils :

— Non mais il faut que t'arrêtes, toi ! Ta vie,

elle t'appartient ! Tu ne vas quand même pas laisser ta mère la diriger !

— J'ai seize ans, Alex. Je vis sous son toit. Et malgré tout ce que je lui reproche… elle compte pour moi. Je n'ai qu'elle.

— Je ne parle pas de l'âge. Tu vois très bien ce que je veux dire.

— Oui, je vois ! Mais je ne crois pas m'être jamais laissé dicter mes choix. Quel que soit son avis sur la question, je sais qu'un jour où l'autre, je partirai là-bas. J'en ai toujours eu envie, même avant cette histoire de Kumari. C'est juste que dans l'immédiat, j'ai d'autres priorités. D'abord, je veux aller chez Jean. J'ai besoin de voir où elle habitait. J'ai besoin de voir des photos, des trucs qui lui ont appartenu.

— Il n'y a pas de photos dans le carnet ?

— Si, mais pas beaucoup. Tiens, je t'en ai amené une. Regarde.

Je sors une enveloppe de mon sac. Avec précaution, j'en tire un petit cliché en noir et blanc :

— C'est elle, quand elle avait huit ans.

Sajani est assise dans un large fauteuil sculpté, ses pieds nus posés dans une sorte de grand plat argenté. Autour d'elle, des objets rituels sont éparpillés : un coffret de bois, une lampe à huile, un broc à eau, des restes de fruits, des images de déités bouddhiques et d'autres ustensiles cultuels dont je ne connais pas l'utilité. Le tout dans un désordre et une pauvreté qu'une abondance de dorures tente difficilement de masquer.

La tête légèrement baissée, son regard est perdu dans le vague, inexpressif. Toutes les photos trouvées dans le carnet m'ont laissé cette même impression. Était-ce sa vie de Kumari qui l'avait transformée ainsi ? Ou était-ce précisément pour ses capacités à rester impassible, à ne rien ressentir, qu'elle avait pu passer l'épreuve du Kalratri et être choisie ?

Je me demande à quoi elle peut penser. À ses parents ? Aux enfants qu'elle aperçoit depuis sa fenêtre ? Est-elle heureuse d'être là ? Elle ne ressemble pas à une petite fille. On dirait une sorte… d'adulte miniature.

Son visage paraît étrangement blanc, presque peint. Le contour de ses yeux est marqué d'un épais trait de crayon noir. Dans le carnet, Sajani explique que ce maquillage est censé repousser les démons.

— C'est quoi, ça ? me dit Alex en désignant le large troisième œil qui est dessiné sur son front.

— L'œil de la connaissance, réservé aux saints et divinités. Pour les bouddhistes, il est censé permettre d'accéder à la connaissance de soi et à l'aura des gens.

— Ah ouais, l'aura des gens…

Dubitatif, Alex hausse les sourcils et se replonge dans la photo. Il regarde ce petit corps qui disparaît presque entièrement sous les colliers d'or ou de fleurs et les lourds vêtements.

Enfin, il relève la tête :

— Wahou. C'est…

— Dérangeant ?

— Ouais, exactement. Dérangeant.

— C'est bizarre. Au début, quand Jean m'a dit que je descendais d'une Kumari, j'étais super fière. Savoir que ma grand-mère était une déesse… je crois que ça flattait mon orgueil. Je me sentais importante à travers elle. Mais maintenant, plus j'avance, plus je pense à elle et moins ça m'émerveille. Je crois que ça n'a rien du conte de fées qu'on peut à première vue imaginer.

Il hoche la tête :

— Ben, c'est vrai qu'elle n'a pas l'air de respirer le bonheur. Tu as lu la suite ? Qu'est-ce qu'elle faisait de ses journées ?

— Non, pas encore. Je compte lire ça ce soir. J'ai hâte de savoir, mais en même temps, ça m'angoisse.

Je repense au rituel de purification, aux gestes traumatisants effectués sur une si petite fille. Je repousse ces images qui me font mal.

— Par exemple, de ce que j'en sais, elles n'avaient même pas le droit de jouer, pour ne pas se blesser.

— Ah bon ?

— Oui. Parce que si la moindre goutte de sang s'écoule hors du corps de la Kumari, elle est destituée. C'est pour ça que, dans tous les cas, dès qu'elles ont leurs règles, elles arrêtent de régner.

La sonnerie retentit, la pause est terminée. Je continue :

— Quel genre de personne tu deviens, quand tu as été privé de ton enfance ? Tu sais, je me dis que c'est peut-être pour ça que ma mère s'est tirée. Parce que Sajani était complètement timbrée.

Alex me pose la main sur l'épaule.

— Arrête de gamberger, ça sert à rien. Tu verras bien en lisant. Appelle-moi ce soir si ça va pas, j'ai pas entraînement. En attendant, tu ferais mieux de te changer les idées.

On se quitte en souriant.

Il fait quelques pas puis revient vers moi :

— Hé, t'as vu le prince de la rime, au fait ?

Je m'étonne :

— Pourquoi ? J'aurais dû ?

— Ce matin, il te cherchait. Il voulait ton adresse MSN.

Je sens mes yeux qui s'écarquillent :

— Nooon ? Et tu la lui as donnée ?

Il hoche la tête en me lançant un regard entendu :

— Hey hey, c'est ton jour de chance, baby !

# 11.

Ce soir, ma mère ne bosse pas. C'est son jour de « récup' », comme elle dit.

Ça tombe mal, ça veut dire qu'il faut que j'attende qu'elle aille se coucher pour sortir le carnet. Parce que, si jamais elle déboule dans ma chambre pour entamer une de ces discussions « mère-ado » que sa psy lui a conseillées, elle va forcément me demander ce que je suis en train de faire. Et il est hors de question que je prenne le risque de la voir douter de ma réponse. Pourtant, Dieu sait que j'ai envie de lire la suite. Je n'arrête pas de regarder mon oreiller. D'ailleurs, il faut que je trouve un autre endroit où planquer le carnet, et vite fait. Mais je ne sais pas où le cacher. Dans l'armoire ? Ce n'est pas une bonne idée, parce que de temps en temps, quand aucune de nous deux n'a eu le courage de s'attaquer à la pile de repassage, elle vient m'emprunter des fringues. Avec mes cours ? Je ne vois pas pourquoi elle irait mettre son nez dedans, mais ça ne me tranquillise pas non plus. Je suis complètement paniquée à l'idée qu'on me prenne ce carnet, comme un dealer qui doit planquer son fric, ou un gars qui ne sait pas où mettre son ticket gagnant du Loto.

Je tapote le bureau du bout des ongles en regardant mes cours étalés devant moi. Je n'arrive pas non plus à réviser. Mes yeux se posent sur mon ordi. Mes doigts courent encore plus vite sur la planche de bois. Et si Hugues était là ?

À toute vitesse, avant de changer d'avis, je clique sur l'icône MSN, puis retire mon doigt comme si j'avais fait une énorme connerie.

— Mariiiiiiiiiiiiiie !

Depuis la cuisine, la voix étouffée de ma mère me fait sursauter.

— Ouiiii ?

— Tu viens manger ?

— J'arrive !

Je rentre mon pseudo et vérifie qui est connecté. J'ai le cœur qui bat.

Emili602, Deejayremix, Mimi56, Audrik, Cmoitim, Louloute23, Forzaitalia… Mmmh… il n'a pas l'air d'être là.

Mi-soulagée, mi-déçue, j'éteins la lumière et rejoins ma mère dans la cuisine.

— Alors, ça a été, aujourd'hui ? Tu avais quoi, comme cours ?

— Deux heures de maths, français, histoire et éco.

— C'est tout ?

— On n'a pas eu sport, la prof est toujours absente.

— Ah bon ? Mais ça fait bien trois semaines, maintenant... Qu'est-ce qu'elle a ?

Je hausse les épaules :

— Je sais pas.

— J'espère que ce n'est rien de grave. Maintenant que tu le dis, à la réunion parents-profs, en début d'année, j'ai trouvé qu'elle avait le teint gris. On m'annoncerait qu'elle a un cancer, je crois que je ne serais pas vraiment surprise.

Cancer. Le mot me ramène immédiatement à Sajani. Je fixe ma tarte épinards-ricotta sans rien dire. Je ne sais même pas si maman est au courant que sa mère est morte. J'avale un morceau, histoire de ne pas être obligée de parler. D'habitude, j'adore ce plat, mais là, j'avoue que ça a un peu de mal à passer, comme si ma gorge était resserrée.

Le décès de l'un de ses parents, n'est-ce pas le genre de choses que l'on apprend forcément ? Il n'y a pas un notaire, ou je ne sais qui, chargé de prévenir les héritiers ?

— Tu en veux ?

Je masque le silence en lui proposant de l'eau. Je repense à Jean. Si ça se trouve, il compte sur moi pour lui annoncer la nouvelle. D'un coup, je sens toute ma colère remonter, parce que je rumine tout ce qu'elle m'a caché sur mes origines. Jusqu'à son propre prénom. C'est quand même dingue, il a fallu que j'attende seize ans pour savoir que ma mère s'appelle Dahoe.

Je pourrais lui balancer ça comme ça, que sa mère est morte. Entre la poire et le fromage, rien que pour voir sa réaction. J'espère au moins qu'elle aurait des remords.

— Ça ne va pas, Marie ? Tu sembles soucieuse.

Je me redresse et essaie d'afficher un air détaché. Je me force à sourire. Après tout, je prends des cours de théâtre, ça devrait m'aider.

— Non non, ça va. Je suis juste un peu fatiguée. Je crois que je vais aller me coucher.

— C'est vrai ? Tu ne finis pas ta tarte ?

Je secoue la tête :

— Non, merci.

Elle paraît déçue. J'imagine que c'est moins pour la tarte que pour la discussion qu'elle aurait aimé entamer. Je la regarde furtivement et ma colère retombe. Je ne peux pas m'empêcher d'avoir un peu de peine. Ça y est, maintenant, je m'en veux. Elle a préparé mon plat préféré. Elle voulait me faire plaisir. C'est vrai, ce n'est pas si souvent qu'on dîne ensemble.

Je lave mon assiette et la mets à égoutter.

Avant de sortir de la pièce, je me penche vers elle pour l'embrasser. Un petit baiser léger.

— Elle était vraiment bonne, ta tarte. Merci.

Je referme la porte sur ma mère assise, la tête tournée vers la fenêtre, le menton dans la main.

Je ne sais pas exactement pourquoi, mais j'ai envie de pleurer.

# 12.

*Dans ma vie de Kumari, le temps s'égrenait doucement. Retranchée derrière les quatre murs du palais, chacune de mes journées s'écoulait, semblable à la précédente, dans une tranquillité indolente et luxueuse.*

*Dès mon réveil, mes kumarimi* accouraient à mon chevet pour me demander ce que je souhaitais pour mon petit déjeuner. À part les nourritures interdites par le culte, on me servait ce que je voulais. Selon les jours, je réclamais des œufs au curry, du lait battu de riz ou des chapatis, petites crêpes dorées à la poêle qui me rappelaient confusément la courte vie passée chez mes parents.*

*Puis on me lavait. Allongée dans l'eau parfumée, je déposais sur mes paupières des pétales de fleurs fraîches qui y flottaient. Les yeux clos, je rêvais pendant que quelques mains délicates me frottaient le dos et les pieds.*

*Une fois séchée, j'étais longuement massée d'onguents et huiles sacrées. Je trouvais que ma peau était plus douce que de la pashmina, la fleur de duvet de l'Himalaya.*

*J'étais alors habillée et maquillée, opérations répétées chaque jour avec le même soin et la même dévotion. C'était parfois si long que je ne sais pas comment mes kumarimi réussissaient à me faire patienter quand je n'étais encore qu'une toute petite fille. Peut-être n'ai-je jamais vraiment été une petite fille.*

*Les vêtements que je portais étaient bien différents de ceux que je voyais sur les autres enfants, depuis les fenêtres de mon palais. Toujours rouge, le tissu de mes robes était lourd et coûteux, délicatement brodé de pièces, de fils dorés et argentés. Il était tout sauf confortable, il n'était d'ailleurs pas fait pour cela.*

*Comme toutes les Kumari, je ne portais pas de chaussures, car mes pieds étaient sacrés. Teintés de rouge, ils symbolisaient mon alliance avec Shiva.*

*Ashanti, ma kumarimi préférée, aimait à me brosser les cheveux. Elle les caressait en fredonnant des berceuses traditionnelles, avant de les relever sur le dessus de ma tête pour les nouer en une sorte de chignon épais, à l'image d'un temple. J'ai tout de suite adoré cette femme douce et réconfortante. Elle souriait tout le temps. Tandis qu'elle me coiffait, je me délectais de son odeur maternelle et sucrée. Lorsque, petite, je réclamais ma mère, c'est elle qui m'ouvrait ses bras. Je me blottissais avec bonheur contre sa peau, écoutant la musique apaisante des battements de son cœur.*

*Le maquillage était une opération importante dont la vieille kumarimi Peeshra s'acquittait avec une précision d'orfèvre. Au-dessus de mes sourcils, elle traçait une fine ligne jaune, qui barrait mon front, d'une oreille à l'autre. Puis elle peignait de rouge la partie supérieure, avant d'y dessiner le troisième œil de l'omniscience, attribut qui devait me permettre de percevoir d'autres réalités.*

*Une fois prête, on me conduisait dans la salle d'audience où le prêtre m'attendait pour me faire sa* puja, *son offrande quotidienne. Il m'apportait de l'encens, du vermillon, du riz et des fleurs.*

*Le reste de la journée s'écoulait lentement, sans surprise. Cette tranquillité, je crois l'avoir autant aimée que détestée. On m'avait expliqué qu'à l'extérieur, la vie n'était pas facile, que beaucoup de petites filles devaient travailler dur pour aider leurs parents, le dos cassé par les travaux dans les champs ou la vente de journaux dans les rues de Katmandou, et que la plupart seraient jetées dans le lit d'un mari sans même comprendre ce qui leur arrivait.*

*De mon côté, j'étais vénérée, adulée, j'étais servie, baignée et nourrie. Je n'avais rien à faire, mes kumarimi se chargeaient de tout et répondaient à chacun de mes désirs.*

*Mais je souffrais de cette inaction. Petite, je me rappelle avoir souvent eu envie de courir, de sauter, de crier. Je n'en avais pas le droit, je risquais de me blesser. Je demandais à jouer avec d'autres enfants. On m'amenait alors ceux de mes kumarimi, mais ils osaient à peine me parler. Une fois encore, c'était moi qui menais le jeu.*

*Plus grande, je cédais à de brusques accès de mélancolie.*

*Je me suis souvent demandé quelle aurait été ma vie si je n'avais pas été choisie. Je pensais à ma sœur et je nous imaginais à jouer au carom ou à fabriquer des cerfs-volants. Je rêvais à cet endroit qu'on appelait école et dans lequel certains enfants avaient la chance d'aller. Pendant toute la durée de mon règne, je n'ai reçu aucune espèce d'éducation, à l'exception de ce qui concernait mon rôle de Kumari. À l'époque, les prêtres soutenaient qu'une Kumari, forcément omnisciente, n'avait pas besoin d'apprendre quoi que ce soit. Les temps ont changé, et les Kumari d'aujourd'hui ont la chance d'être éduquées. Si j'avais eu cette possibilité, je pense que cela m'aurait évité bien des ennuis.*

*Les seules distractions de ma journée étaient les visites que je recevais. Je compris assez tôt que les rares personnes ayant le privilège de me rencontrer étaient riches, influentes ou bien nées. Assise dans un immense trône sculpté d'un lion, mon rôle consistait à les écouter sans bouger.*

*Prosternés devant moi, ils étalaient leurs problèmes et leurs prières égoïstes. Les hommes d'affaires demandaient le succès de leurs entreprises. Les mères venaient implorer la guérison de leur fils. Des jeunes femmes me priaient pour que l'enfant vienne, enfin. Et pour s'attirer la bonne fortune, tous me baisaient les pieds et me remettaient des offrandes. Des fruits, de l'encens ou des bijoux, toujours en nombre impair. Jamais d'œufs ni de pâtisseries, le culte l'interdisait.*

*Je me rappelle avoir réellement cru au pouvoir que l'on m'attribuait. Comment aurait-il pu en être autrement ? Depuis toute petite, on me répétait que j'incarnais une déesse toute-puissante, que j'étais l'élue, l'enfant sacrée. Les témoignages abondaient en ce sens : une femme a même rapporté qu'après m'avoir vue, son enfant muet s'est remis à parler.*

*Durant ces audiences, il me suffisait d'écouter. Il m'était interdit de rire et même de prononcer un mot, mais le moindre de mes autres gestes était interprété. Je pleurais ? La maladie ou la mort rôdait. Je tremblais ? Il fallait craindre l'emprisonnement. Je ne touchais pas aux offrandes de nourriture ? Des pertes financières s'annonçaient.*

*Si, par contre, je restais impassible et silencieuse, mes visiteurs repartaient soulagés, le cœur léger. Selon la croyance, c'était là le signe que leurs vœux avaient été exaucés.*

*Ceux qui n'avaient pas le privilège d'entrer au palais pouvaient se consoler en patientant au bas de mes fenêtres treillagées. J'avais le droit d'y apparaître à divers moments de la journée, selon mon bon vouloir. Pour la masse de fidèles amassés sur la place, le simple fait de m'avoir aperçue était synonyme de bonne fortune. Ils portaient rapidement leurs mains des lèvres au front puis repartaient, rassérénés.*

# 13.

Minuit douze. Je referme le carnet rouge, mais je sais que je ne vais pas dormir. Je n'ai pas sommeil du tout.

Ma mère est allée se coucher il y a à peine une demi-heure. Mon cœur s'est mis à taper quand elle est passée devant ma porte. J'ai éteint ma lampe de chevet en manquant de tout faire tomber et j'ai attendu, les yeux ouverts dans le noir, d'entendre son lit grincer. Puis j'ai rallumé pour repartir à Kumari Ghar, grâce aux mots de Sajani.

*Une fois, je devais avoir huit ans, je me rappelle avoir demandé à Ashanti de m'emmener chez elle, pendant la nuit. Je mourais d'envie de jouer à avoir une vie normale, ne serait-ce que l'espace de quelques heures. Mais elle a secoué la tête en me regardant avec de grands yeux paniqués, comme si j'avais insulté le Bouddha. Je n'ai pas insisté.*

*Les occasions de sortir du palais étaient rares. Au nombre de treize par an exactement, toutes étaient des cérémonies religieuses. Pour moi, l'événement le plus important était le festival d'Indra* Jatra, le dieu de la pluie, qui se déroulait chaque année au retour de la mousson. J'attendais ce moment avec impatience, qui venait briser la monotonie de mon quotidien. Jamais je ne me suis sentie plus puissante que lors de ces journées-là. Mon rôle prenait alors toute sa dimension culturelle, religieuse et politique : j'étais la Taleju guerrière et sanglante, la divinité qui assurait la protection de son peuple et qui réaffirmait l'autorité du roi. Pendant les sept jours de la fête, j'étais promenée dans la ville sur un énorme char aux roues peintes d'yeux gigantesques, au son d'une fanfare, entourée de danseurs masqués. Les habitants criaient, me jetaient des fleurs et tendaient leurs mains pour espérer me toucher. Devant le char, un homme ouvrait le chemin en brandissant une réplique de mon épée.*

*C'était lors du troisième jour de cette fête majeure, célébrée aussi bien par les bouddhistes que les hindouistes, que ma mission était la plus importante. Je devais accorder ma bénédiction au roi, lui per-*

*mettant ainsi de poursuivre son règne pour la période à venir.*

*Les mêmes gestes se répétaient chaque année. Lors d'une cérémonie très solennelle, le souverain s'approchait de moi pour me baiser les pieds. Puis je lui passais une guirlande de fleurs autour du cou et lui dessinais sur le front, à l'aide des cinq doigts de la main gauche, le fameux point rouge, ou* tika*, *que les hindous arborent pour signifier leur appartenance religieuse.*

*Le roi s'inclinait devant moi et m'offrait une pièce d'or en échange.*

*Dès lors, l'équilibre était rétabli, les démons qui tourmentaient Katmandou depuis le début de la mousson étaient chassés. Cette reconduction du roi dans ses fonctions mettait fin à l'anarchie qui menaçait symboliquement le royaume.*

*C'était donc de moi, uniquement de moi, que la légitimité du roi et que le maintien de l'ordre cosmique dépendaient.*

*Pendant les quelques jours qui suivaient le festival, je me sentais invincible, toute-puissante. J'ai le souvenir d'avoir été exécrable avec mes kumarimi, de leur avoir demandé mille choses à la fois, d'avoir sans arrêt changé d'avis.*

*Aujourd'hui, je me demande ce qui se serait passé,*

*si, en ces journées sacrées, j'avais refusé de pratiquer le rituel. Aucune Kumari ne s'y est jamais essayée, je pense que nous étions tellement conditionnées que nous n'aurions jamais osé y songer.*

Je referme le carnet. J'essaie d'imaginer le char de Sajani cheminant à travers la foule hystérique. Qu'est-ce qui pouvait passer par la tête de Sajani alors que les gens criaient et se bousculaient pour la voir ne serait-ce que quelques secondes ?

Je me lève et, aussi discrètement que possible, je vais m'asseoir à mon bureau. Peut-être qu'Alex sera encore sur MSN. J'ai besoin de partager ce que je viens de lire et, à part lui, je n'ai personne avec qui le faire. Jamais je ne me suis sentie aussi seule que depuis que j'ai reçu ce carnet. Ça doit être quelque chose que je partage avec Sajani… et avec ma mère, aussi. Une histoire de famille. Atavisme, je crois que c'est comme ça que l'on dit.

J'entre mes mots de passe. La liste des connectés s'affiche.

Il y a une seule personne. Qui n'est pas Alex.

HuCD.

Qui est-ce ? Je mets quelques secondes avant de percuter. C'est lui. C'est Hugues Cartier-Dampierre.

Impossible de faire marche arrière : il a déjà dû voir mon pseudo s'afficher, il est trop tard pour passer hors ligne.

Moi qui pensais qu'avec ce que je vivais en ce moment, mon intérêt pour lui perdrait de sa couleur. Il faut croire que non, parce que maintenant que ça devient concret, mon cœur tape si fort que je l'entends battre dans mes oreilles.

Les yeux rivés sur mon écran, j'attends fatalement la suite.

Quelques secondes plus tard, une phrase apparaît. Je fixe cette banale ligne noire. On dirait qu'elle résonne visuellement, toute seule sur l'écran blanc.

> Pas encore couchée ?

Je respire un coup et me lance :

> Pas la seule, apparemment ☺

> Impossible de dormir

> Révisions ?

> Non. Et toi ?

> Non plus

> Qu'est-ce que tu fais ?

Je réfléchis quelques instants avant de répondre. Tout est tellement plus facile, derrière un écran d'ordinateur. Pas de risque de piquer un fard, de bafouiller ou de postillonner.

> lecture... un roman sur le Népal

> C'est de là-bas que tu viens ?

> Pas moi. Ma grand-mère, Sajani.

*Et tu me croiras si tu veux, mais c'était une déesse vivante, enfermée dans une cage dorée.*

> :-o. Le Népal, le dalaï-lama, l'Himalaya, tout ça ?

Le dalaï-lama, c'est au Tibet, ou plus exactement, c'est là qu'il devrait être s'il n'était pas en exil, mais je n'écris rien, je ne voudrais pas passer pour une petite peste prétentieuse. Il poursuit :

> double culture = vraie chance.

Une chance ? Là, j'ai un petit rire nerveux. *Elle est belle, ma double culture, si tu savais.* Trouée de mensonges et de non-dits.

> Marie, tu veux aller au ciné avec moi ?

Je lis et relis la phrase qu'il a tapée, pour être sûre de ne pas m'être trompée. On ne s'est jamais parlé en vrai plus de deux minutes et il m'invite au ciné ? Tout ça est si… brutal. Je ne peux pas m'empêcher d'avoir du mal à y croire. Je l'imagine derrière son écran, et soudain, une pensée survient, que je déteste aussitôt. Et s'il était en train de se foutre de ma gueule avec des potes hilares, en buvant des bières ?

> ...

Mince, il attend que je réponde, là. Je meurs d'envie d'accepter. Il a l'air tellement posé. Pas le genre de mec à faire des paris avec des potes imbibés. Je tape les trois lettres magiques, sésame pour le grand frisson... et pour une séance de tachycardie.

> Oui. Quand ?

> Samedi ? Tu choisis le film.

# 14.

Samedi, c'est demain.

C'est pour cette raison que je me retrouve dans le bureau de tabac en face du lycée, à feuilleter le journal pour tenter de Choisir Le Film, sous l'œil torve du buraliste qui ne va pas tarder à me dire que ma petite demoiselle, on n'est pas à la bibliothèque.

Peut-être que Hugues veut me faire passer un test. Un peu comme le frère d'Alex, avec sa voiture pourrie. Il dit que comme filtre anti-merdeuses, il n'y a pas mieux.

Je relis la liste des films pour la quatrième fois. Qu'est-ce que je suis censée choisir ?

*Trois jours en enfer* : ça sent les courses-poursuites et les gros balèzes lobotomisés. Il va croire que j'ai le QI d'une mouette. Ou que je pense qu'*il* a le QI d'une mouette.

*L'Allemagne en automne*. Un vieux Fassbinder.

Risqué, pour un premier rendez-vous. Surtout s'il attend qu'on se lance dans un débriefing approfondi, histoire de tester les capacités intellectuelles de son éventuelle future petite copine.

*L'Amant de ma femme*. Mauvaise pioche. Il va s'imaginer que c'est un message codé pour poursuivre la soirée. Mortifiant.

Le reste de la liste alterne entre bluettes sentimentales, films d'horreur ou dessins animés.

Pourquoi est-ce qu'il n'y a pas de film sur le Népal ? Je ne demande pas qu'il y en ait tous les mois… juste cette semaine… juste demain soir. Ou au moins sur le Tibet, c'est plus commercial, ça plaît aux foules. Une redif' de *Little Buddha*, ç'aurait été bien, ça. Je n'aurais pas eu de mal à engager la conversation.

Dépitée, je replie le journal avant de le reposer. Tout en rendant la monnaie à une vieille en manteau de fourrure élimé, le buraliste me gratifie d'un nouveau regard excédé.

*Oh, c'est bon, je ne l'ai même pas froissé.*

Au verso, un titre retient mon attention. « Le renouveau du Théâtre français : mythe ou réalité ? »

C'est comme si l'ascenseur venait de se remettre en route après une panne de trois quarts d'heure. Évidemment. Le théâtre. Pourquoi je n'y ai pas pensé plus tôt ?

Je regarde ma montre : il est 13 h 15, j'ai cours dans un quart d'heure. Je n'ai pas le temps d'aller au Théâtre du Nord pour consulter la programmation. Aucune importance, je regarderai ce soir sur internet. L'essentiel, c'est que j'aie trouvé. Je sors du bureau de tabac en courant, soulagée et impatiente de voir la réaction de Hugues.

De son habituel air coincé, la prof principale nous annonce que la prof de sport va être remplacée. Devant moi, Ludmilla, cent pour cent élevée à la curiosité, lève aussitôt la main :

— Qu'est-ce qu'elle a ?

Mme Martin est gênée, je le vois comme si c'était indiqué sur son front, en lettres-néon lumineuses. Elle se met à astiquer frénétiquement les verres de ses lunettes dans sa blouse, histoire de se donner une contenance.

— Hum… Il est trop tôt pour que je puisse vous en parler. Mais vous le saurez en temps utile.

Forcément, je pense à ma mère et à ses hypothèses funèbres. Et forcément, ça me ramène à

Sajani. Enfin, ce n'est pas comme si j'avais besoin d'être aiguillée parce que j'y pense quasiment toute la journée. À ses rêves de petite fille, ses pensées d'adolescente et ses regrets d'adulte. À ses relations avec ma mère, au manque laissé par cette fille partie sans rien dire. À sa mort, sans famille et loin de son pays.

Jean a été très bref sur sa maladie, je me rends compte que je n'en sais pas grand-chose. Les suppositions se bousculent dans ma tête. Cancer du sein ? Est-ce qu'elle a souffert, dans sa tête et dans son corps, ou a-t-elle eu la... chance de ne pas se voir diminuée, en passant rapidement de l'autre côté ?

Ce qui me réconforte, c'est de penser qu'elle ne devait pas redouter la mort. Dans la religion bouddhiste, le corps est une enveloppe, un véhicule de l'âme, et la mort, un passage vers une autre vie. Tout, sauf une fin.

Soudain, j'ai envie de la retrouver. De me plonger dans ses mots, à défaut de ses yeux. Je regarde ma montre. Encore quarante minutes de cours, jamais je ne tiendrai. Il faut que je lise le carnet.

Depuis hier, j'ai décidé de l'emmener au lycée avec moi, c'est encore ce que j'ai trouvé de plus efficace pour me rassurer. De toute ma vie, je crois que je n'ai jamais tant tenu à quelque chose qu'à ces minces feuilles de papier reliées. L'histoire de Sajani. Le fil de mes origines, qui m'a tant manqué.

Après tout, pourquoi attendre la fin de la journée, ou même simplement la fin du cours ? Je glisse discrètement le carnet sous mon pull. Puis je lève la main. Je n'ai jamais fait ça, mais je m'en fous.

— Oui, Marie ?

— Je ne me sens pas très bien. Est-ce que je peux aller… aux toilettes ?

Mme Martin se tord les doigts. Elle doit penser que j'ai mes règles ou un autre truc corporel que son éducation judéo-chrétienne va automatiquement refouler. C'est fou, je n'ai jamais vu quelqu'un aussi embarrassé d'être soi-même.

— Euh oui, oui, bien entendu. Veux-tu que quelqu'un t'accompagne ?

— Non, ça ira, merci.

Je me lève avec des difficultés feintes et sors de la classe pliée en deux.

Je pousse la porte des toilettes des filles. Tout est silencieux, comme dans les films quand un truc glauque va se passer. Je vérifie que je suis bien seule en me baissant sous chaque porte avant de m'engouffrer dans le dernier box. Je ferme le loquet, rabats la lunette et m'assois, encore étonnée de ce que je viens de faire – depuis la fin de ma période enragée, je suis d'une docilité déconcertante – et de l'incongruité de la situation.

Comme un enfant ouvre en secret le bonbon qu'il a volé, je sors mon précieux carnet et retrouve Sajani à l'endroit où je l'avais quittée.

# 15.

*La fin de mon règne fut stupéfiante de rapidité et de brutalité.*

*Bien sûr, j'étais consciente que cette vie-là ne durerait pas : on m'avait expliqué qu'un jour, quand je deviendrais femme, inévitablement le sang s'écoulerait. Cette pensée m'effleurait de temps à autre sans m'angoisser. Il s'agissait pour moi d'un futur confus et lointain, presque irréel, comme la difficulté d'envisager, quand on a treize ans, que l'on va un jour être une vieille femme ridée.*

*C'était un matin de septembre semblable à tous les autres. La mousson ponctuait la journée de pluies saccadées. J'avais quatorze ans.*

*Alors que je me dirigeais vers la salle des audiences, j'ai senti quelque chose couler le long de ma cuisse. Je me suis retirée derrière un paravent brodé et j'ai soulevé mes robes. J'ai fixé le filet sombre pendant plusieurs secondes, sans comprendre. Puis j'ai réalisé que c'était le sang, le sang qui allait tout bouleverser.*

*Je me suis demandé ce qui allait m'arriver. Qu'avait-on prévu pour les anciennes Kumaris ? Retournaient-elles dans leurs familles ? Allaient-elles dans une maison spécialement dédiée aux anciennes déesses ? Je n'étais pas inquiète : on me vénérait, j'étais celle qui reconduisait le roi et assurait la pérennité du royaume. Rien de désagréable ne pouvait m'arriver.*

*C'est là que je me trompais. Je n'étais pas une divinité, je lui prêtais simplement mon enveloppe corporelle. Elle m'utilisait. À la première goutte de sang versé, la déesse m'avait abandonnée pour s'incarner dans une autre petite fille qu'on adulerait à ma place.*

*Dès que les prêtres apprirent l'apparition de mes menstrues, ils se mirent en quête d'une nouvelle Kumari.*

*Le lendemain, à l'aube, on me reconduisit chez moi, toujours portée mais cachée des yeux de la foule. Nous cheminions dans les rues sombres et sales, traversant l'air humide et figé, sous les caquètements de quelques poules chétives. Ma tête était vide ou, à l'inverse, trop remplie d'interrogations sur cet inconnu qui s'ouvrait devant moi.*

*Pour l'occasion, toute la famille s'était réunie devant la maison. Mes parents paraissaient à la fois émus et intimidés. On me fit descendre de ma chaise à porteurs. Pour la première fois depuis dix ans, je posai le pied sur le sol. J'en fus écœurée.*

*Ma mère hésita avant de me prendre dans ses bras. Son étreinte me laissa froide. À part les quelques fois où elle avait été autorisée à me rendre visite, je ne l'avais jamais vraiment côtoyée. Je ne la connaissais pas.*

*Ma sœur aînée, âgée de seize ans, était venue avec son mari, un petit marchand de montres de plus de deux fois son âge. Elle me lança un sourire frais et sincère, la main posée sur son ventre déjà rond de l'attente d'un enfant.*

*Mes parents s'inclinèrent et m'invitèrent à les suivre. Je pensais que le fait de pénétrer dans la maison où j'étais née m'emplirait de joie et ferait ressusciter les souvenirs oubliés. Il n'en fut rien. Je détaillais la petite pièce, sans émotion, n'en remarquant que le contraste saisissant avec la splendeur de mon palais. Mes parents s'étaient certes enrichis grâce à mon règne, mais je m'étonnais de l'indigence de leur situation. Je me retournai vers les prêtres : allais-je vraiment devoir vivre ici ?*

*Le rituel pour la destitution prévoyait que je restasse enfermée quatre jours dans la maison de mes parents. Deux prêtres me faisaient des pujas. J'avais mal à la tête à cause de ma coiffure, que je ne devais pas défaire.*

*Au petit matin du quatrième jour, deux Jyapunis de la déesse Taleju pénétrèrent dans la pièce. Solennellement, ils défirent ma coiffure pour libérer mes cheveux, avant de pratiquer un dernier puja.*

*Je dus leur remettre mes habits et tous mes bijoux de Kumari, à l'exception de quelques vêtements que je fus autorisée à conserver. Je demandais à garder la première robe que j'avais portée, à mon arrivée au palais. On me répliqua que je pourrais venir la chercher dès le lendemain. Je fus surprise de cette réponse : jusqu'à présent, ne m'avait-on pas toujours tout apporté ?*

*Ma sœur avait amené un de ses saris qu'elle me tendit avec humilité. La pièce d'étoffe dans les mains, je restai sans bouger. Je venais de réaliser que je devais m'habiller seule, acte banal que je n'avais pourtant jamais effectué. J'étais incapable de le nouer. Elle dut le comprendre à la détresse qui se lisait dans mes yeux.*

*Les prêtres sortirent de la pièce en me jetant un dernier regard.*

*J'étais seule avec ma sœur. Elle s'approcha alors et commença à m'habiller, avec une grâce infinie. En dix ans, c'était la première fois qu'une personne autre que les prêtres ou mes kumarimi avait le droit de me toucher et de me regarder dans les yeux. Ce franc contact visuel me fit tressaillir, tout comme le son de mon prénom, que je n'avais pas entendu depuis dix ans.*

*—Je suis heureuse de te retrouver, Sajani.*

*Jusqu'à présent, on m'avait toujours appelée Dya Maju, « vénérable déesse ».*

*J'éclatai en sanglots.*

# 16.

La première année fut très difficile.

Dix ans passés à incarner une déesse m'avaient rendue inapte à mener une vie normale.

Alors que j'avais si souvent rêvé d'escapades à travers la ville, je rentrai de ma première sortie profondément humiliée.

Avec ses rues sales et encombrées de détritus, son brouhaha continu et ses enfants en haillons, la ville ne ressemblait en rien à celle que j'avais connue lors de mes processions, glorieuse et festive, décorée de drapeaux à prières claquant au vent. Le Katmandou que je découvrais m'effrayait.

Je ne comprenais rien aux scènes que je voyais. Que faisait cette femme, accroupie devant un plat de lentilles ? Et cet homme, qui osait porter un porc, animal impur ? Et ces chiens, pourquoi étaient-ils si efflanqués, personne donc ne les nourrissait ?

*Je ne me reconnaissais pas dans cette foule qui ne me remarquait pas. J'étais hélée comme une simple marchande, bousculée par des hommes chargés de paquets, salie par la poussière soulevée par les rickshaws.*

*Je souffrais atrocement, jusque dans ma chair, de passer inaperçue.*

*Je tombai à plusieurs reprises sur le sol impur, mal à l'aise dans ces chaussures que je n'avais jamais portées et qui me blessaient les pieds. Le cri strident de quelques singes juchés sur le toit d'une maison me fit sursauter.*

*Je rentrai rapidement me réfugier chez mes parents, les joues baignées de larmes. Le contact avec le commun des mortels me répugnait. Je ne savais plus qui j'étais, encore moins ce que j'allais devenir.*

*À la maison, après quelques mois durant lesquels on continua à me montrer une certaine déférence, on finit par me faire comprendre que je devais prendre part à la vie de la communauté. Aider à la confection des repas, nettoyer le sol, les vêtements et quantité d'autres travaux ingrats que je n'avais jamais effectués. J'avais beaucoup de mal à y participer. J'étais lente, gauche et je m'épuisais vite, ce qui ne faisait qu'aggraver mon mal-être et mon sentiment d'avoir été parachutée dans un monde auquel je n'appartenais pas.*

*Plus personne n'était là pour me servir, me laver ou préparer mes repas. Il fallait que je devienne autonome, comme un petit animal dont la mère s'est soudain détournée.*

*J'alternais entre la tristesse, l'incompréhension et la colère contre ces prêtres qui m'avaient jetée hors du temple, comme un khukuri* à la lame brisée.*

*Je repensais sans cesse à ma vie de Kumari, cette vie que j'avais souvent détestée mais dont je regrettais, à présent, la sévérité et la monotonie rassurante.*

*Je caressais la petite robe rouge et dorée que j'avais récupérée au palais, sans pouvoir déterminer si le contact avec le lourd tissu me désespérait ou me réconfortait.*

*Mes kumarimi me manquaient. J'imaginais la belle Ashanti en train de brosser les cheveux de la nouvelle Kumari, et pour cela, je la haïssais.*

Un bruit sourd me fait sursauter, comme la sonnerie du réveil vous arrache d'un rêve. Quelqu'un tambourine à la porte des toilettes. À moitié déboussolée, je range en toute hâte le carnet.

— Marie ? Vous êtes là ?

Et merde. C'est la prof principale qui est venue me chercher. Elle continue à cogner et à m'inonder de paroles angoissées. Elle va finir par me faire paniquer.

— Marie ? C'est vous ? Répondez ! Cela fait quarante minutes que vous êtes partie ! Est-ce que tout va bien ?

J'ouvre la porte des toilettes et réponds d'une voix aussi faible que possible :

— Oui, excusez-moi, je crois... je crois que j'ai eu un petit malaise.

Mme Martin me regarde, paniquée :

— Mais oui, vous êtes toute blanche ! Ne restez pas là, allez, venez.

Elle me prend par le bras et me conduit à travers les couloirs, jusque dans la classe déserte.

— Vous avez un portable, pour prévenir vos parents ?

Je m'assois à une table en prenant un air rassurant mais qui se veut délibérément peu convaincant :

— Pas la peine de les inquiéter pour ça, ça va déjà mieux.

Elle secoue la tête :

—Vous allez rentrer chez vous vous reposer, vous ne pouvez pas rester comme ça. Appelez vos parents, que l'on vienne vous chercher.

Je sors mon portable et compose le numéro de chez moi. Profitant d'un moment d'inattention de Mme Martin, je plaque rapidement le téléphone contre mon oreille. Je pense qu'elle n'a pas vu que je n'avais pas pressé le bouton d'appel.

Après quelques secondes, je commence à simuler la conversation :

—Allô maman ? Je ne me sens pas très bien, peux-tu venir me chercher ?... Non non, rien de grave. Je t'expliquerai... D'accord, dans un quart d'heure en bas de la rue du lycée.

Je fais mine de raccrocher. Sur le visage de Mme Martin, je constate, satisfaite, l'impression de soulagement de la professionnelle qui croit avoir accompli son devoir.

Quelques minutes plus tard, je suis hors du lycée. Depuis que je suis sortie des toilettes, Sajani ne m'a pas quittée.

Je descends la rue à toute vitesse, tourne à droite et parcours la centaine de mètres qui me séparent de chez Josy.

Je pousse la porte et m'engouffre dans la touffeur du bar familier.

# 17.

« Suis chez Josy. Rejoins-moi ap. les cours stv »

J'envoie le SMS à Alex puis applique mes mains autour de la tasse de chocolat chaud, pour les réchauffer. Dans ma tête, le film de la destitution de Sajani repasse en boucle, les événements s'enchaînent les uns les autres en une sorte d'effondrement de certitudes.

Je sors le carnet et le pose très doucement devant moi, comme s'il était vivant, comme s'il fallait que je protège l'histoire qu'il contient. J'essaye de deviner ce que vont révéler les milliers de mots qu'il me reste à assembler. Dans l'un des précédents chapitres, Sajani a parlé d'« ennuis ». Entre le moment où elle a tenté de s'adapter à sa nouvelle vie et celui où elle a rencontré Jean, qu'est-ce qui s'est passé ?

J'ai toujours ce besoin violent, presque animal,

de connaître l'histoire de Sajani. Mais cette lecture et tout ce qu'elle entraîne dans ma tête… tout ça devient difficile, presque douloureux.

Je bois une gorgée de chocolat, c'est très heureusement chaud et sucré, comme toujours, et ça me rassure.

J'ouvre le carnet.

*Je me mis en tête d'aller voir une ancienne Kumari. On m'avait dit que l'une d'entre elles n'habitait pas très loin de chez moi. Je ne sais pas ce que j'attendais de cette rencontre, peut-être un simple échange, ou le sentiment apaisant d'être enfin comprise, de ne plus être la seule à traîner ce mal-être que personne ne pouvait concevoir.*

*Chandra Shila habitait une petite maison bleue dans un faubourg populaire et bruyant, juste à côté d'une boucherie à l'étal sanguinolent. La porte était ouverte et je la trouvai, seule, au fond d'une petite pièce mal tenue. Vêtue d'une robe au rouge délavé, elle était assise dans un grand siège de bois grossièrement recouvert de vieux morceaux de papiers dorés. L'imitation était maladroite et misérable, mais je reconnus sans problème le trône du haut duquel nous accordions nos bénédictions, lorsque nous étions Kumari.*

*Je compris tout de suite que je ne trouverais pas ici ce que j'étais venue chercher. La vieille Chandra Shila ne vivait que dans le souvenir de son ancienne vie, attendant en vain, toute la journée, que des fidèles viennent se prosterner à ses pieds. Cette vision était si pathétique qu'aujourd'hui encore, sa simple évocation suffit à m'emplir d'un désespoir infini.*

Je lève les yeux de la page pour tenter d'effacer l'image de cette pauvre vieille enfermée dans sa tête, espérant des hommages qui ne viendraient jamais. La folie, c'est peut-être aussi ce qui attendait Sajani. Cette pensée me tord l'estomac, alors je tourne quelques pages pour avancer dans le temps. Autant savoir tout de suite ce qui s'est passé.

*La vie à la maison était devenue impossible. Mes parents avaient perdu tout espoir de me marier, la croyance populaire rapportant que celui qui épouserait une ancienne Kumari décéderait dans l'année. On citait en exemple le cas de cet homme qui, peu de temps après son mariage avec l'une d'entre nous, s'était mis à cracher du sang avant de mourir dans d'affreux tourments.*

*Et puis je ne savais rien faire de mes dix doigts. J'étais incapable de prendre la moindre initiative. Je ne savais ni lire ni écrire. Ma sœur avait bien tenté de m'aider, mais ses propres soucis domestiques et ses enfants l'accaparaient. Je me sentais parfois coupable de lui prendre ce temps et cette énergie qui lui filaient déjà entre les doigts.*

*Je me réveillais en espérant que la journée passe le plus vite possible. Je me sentais perdue, désorientée, mal-aimée. Je n'avais plus foi en le Bouddha.*

*C'était bien plus douloureux que ce mal qu'en Occident, on appelle dépression. Je voulais que tout s'arrête.*

*Et c'est précisément ce qui arriva.*

« Et c'est précisément ce qui arriva. » Je relis les derniers mots, le souffle court, comme si c'était mon propre avenir que je découvrais.

Qu'est-ce qu'elle veut dire ? Que ça s'est arrangé ? Ou qu'elle a essayé de se suicider ? Je tourne à nouveau frénétiquement la page. J'ai besoin de la réponse. Maintenant.

*Cela faisait deux semaines que j'étais partie de chez moi. Ce n'était pas vraiment une décision que j'avais mûrie, c'était arrivé, c'est tout.*

*Je ne pouvais pas rester, je ne me sentais pas à ma place, même si je n'avais nulle part où aller. Mes pas m'ont d'abord conduite sous les fenêtres de la Kumari.*

*Je restai au bas de ce qui avait été mon palais, sans autre but que de tenter de l'apercevoir, comme un vulgaire fidèle. Et puis je l'ai vue apparaître derrière ses fenêtres, minuscule petite fille de trois ans au regard déjà éteint.*

*Je me suis enfoncée dans les ruelles de Katmandou, le plus loin possible de cette vision et de mon quartier. Je pleurais, sans savoir si c'était sur mon sort ou sur celui de la nouvelle Kumari.*

*J'ai marché longtemps, nu-pieds, ignorant où aller. J'errais dans les rues, désorientée, comme si j'étais dans un autre monde. Je mendiais quelques* *roupies auprès de touristes hippies en quête d'exotisme et de spiritualité, puis allais acheter des litchis ou un petit chapati. J'ai même ramassé des restes. Moi, qui pendant dix ans n'avais pu porter à mes lèvres que de la nourriture pure et sacrée, je ne me souciais même plus que les aliments soient* jutho*, *souillés par la bouche de quelqu'un.*

*Et puis un jour, au bord de la rivière Bagmati, au nord-est de Katmandou, je l'ai rencontré. Il avait les dents blanches et sa peau lisse reflétait la lumière.*

*Il s'est assis à mes côtés et a posé ses yeux sur moi. Depuis que j'étais partie de la maison familiale, c'était la première fois que quelqu'un semblait s'intéresser à moi. Il m'a souri, d'un air infiniment protecteur. Je me suis accrochée à ce visage serein et à ces yeux ourlés de longs cils noirs.*

*Il m'a demandé comment je m'appelais. Après avoir répété mon prénom, il a joint les mains puis s'est incliné pour me saluer. Il s'est levé en me priant de l'attendre au bord de l'eau. Hébétée, je suis restée sur les* ghat, *sans bouger, à regarder l'eau sacrée charrier ses déchets.*

*Quelques minutes plus tard, il est revenu avec un riz au curry enveloppé de papier journal. Je me suis mise à dévorer. Au fur et à mesure que la chaleur réconfortante se diffusait dans mon ventre, je me sentais reprendre vie.*

*Il m'a emmenée chez lui. Je l'ai suivi comme une automate. Il habitait une maison étroite aux fenêtres délicatement ouvragées, comme celles fabriquées par les artisans Newars.*

*Il s'appelait Ganesh, comme le dieu hindou de la sagesse, de la prudence et de l'intelligence.*

# 18.

Une main se pose sur mon épaule. Réflexe : je ferme aussitôt le carnet.

— Tu veux un aut' chocolat, Marie ?

Josy est derrière moi, son torchon sur l'épaule.

— Euh… oui, merci.

Elle prend un air satisfait et attrape la tasse vide.

— J' t'apporte ça tout d' suite. Dis donc, ç'a pas l'air d'aller fort, toi, en ce moment. Pis t'es toute déplumée. T'aurais pas maigri ? Les soucis, faut pas les garder pour soi, faut en parler !

Son accent du Nord détonne au milieu des faubourgs du Népal que je parcours dans mon existence virtuelle. J'ai l'impression que je suis l'un de ces types complètement addicts aux jeux de rôles qu'on trouve sur le net. Sauf que ma deuxième vie à moi, elle n'est pas sur un écran d'ordinateur, mais dans les lignes d'un carnet rouge.

Je hoche la tête en faisant signe que j'ai compris. J'attends qu'elle soit repartie de son habituel pas traînant, avant d'ouvrir à nouveau le carnet.

*Il m'a fait entrer dans sa maison, qu'il semblait habiter seul, ce qui était rare. L'usage voulait que lorsqu'un homme quittait la compagnie de ses parents, ce fût pour prendre épouse.*

*L'intérieur paraissait plus riche que celui de ma famille. Le mur du fond disparaissait presque entièrement sous une superbe tenture représentant un Shiva dansant et tourbillonnant dans un cercle de feu. Au sol, un diagramme de bon augure protégeait la maison.*

*Sur la droite était installé un autel destiné à la puja. Quelques bougies projetaient leur ombre vacillante sur deux petites statues à l'effigie de Brama* et Krishna*.*

*Immédiatement, je m'y sentis bien.*

*Ganesh a disparu dans une autre pièce et est revenu, les bras chargés d'un penjabi bleu irisé. Il me l'a tendu puis m'a doucement proposé d'utiliser la pièce dont on se servait pour la toilette. J'ai soudain pris conscience de mon état : je devais être repoussante de saleté. J'ai eu horriblement honte de ce que j'étais devenue.*

*Je ne sais pas combien de temps je suis restée devant cette bassine qu'il était allé remplir à la fontaine, à me débarrasser de la poussière, du gras et de la crasse qui collaient à mon corps. Ma peau était devenue rugueuse par endroits. Comme il me paraissait loin, le temps où je la trouvais douce comme de la pashmina…*

*En me voyant réapparaître, les yeux de Ganesh se sont mis à briller, avec la satisfaction de celui qui vient de découvrir un bel objet.*

*Il m'a tendu un thé aux odeurs de gingembre et de cardamome, que nous avons partagé sans un mot, en nous brûlant les lèvres.*

*Puis il m'a montré où je pouvais me reposer. Sur une natte parfumée de santal, j'ai dormi plus de vingt heures d'affilée.*

*Pendant un mois, Ganesh m'a nourrie et choyée. Il partait le matin en me demandant si j'avais besoin de quelque chose et revenait le soir, doux et souriant. En l'attendant, je vivais au jour le jour, je flânais dans les rues ou m'asseyais à la fenêtre pour regarder les gens passer. Il ne me posait aucune question sur qui j'étais, d'où je venais et les événements qui m'avaient conduite à attendre, sale et perdue, au bord de la rivière Bagmati. Il m'acceptait telle que j'étais.*

*C'était la première fois que je retrouvais un peu de l'insouciance de ma vie de Kumari.*

*Je ne savais toujours pas qui j'étais mais il me semblait que j'allais mieux, aux côtés de cet homme délicat et soigné.*

*Et puis subitement, un matin, tout a changé.*

*Il a expliqué que désormais, je devais travailler. Je l'ai regardé avec surprise, mais je me suis tout de suite inclinée. Je me sentais si redevable de ce qu'il avait fait pour moi que j'étais prête à tout pour pouvoir continuer à vivre sous son toit. Peut-être que si je travaillais dur, il demanderait à m'épouser ? Sans parents pour la réclamer, le délicat problème de la dot pourrait être écarté. Cette perspective m'emplissait d'espoir et de courage. Je me disais qu'avec son aide, j'arriverais à m'habituer et à supporter cette existence insignifiante, anonyme, que menait le commun des mortels.*

*Quand je lui demandai quel genre de travail il attendait de moi, il m'indiqua que ce serait très simple et que cela ne requérait aucun savoir-faire particulier. Je lui en fus infiniment reconnaissante tant j'avais peur de le décevoir par la maigre étendue de mes capacités.*

*Le lendemain, à l'aube, il me réveilla. Il me tendit un bol de riz et du lait caillé puis me pria de m'habiller et de me brosser les cheveux. Il m'invita alors à le suivre sur ce qui serait désormais mon lieu de travail. Je me laissai guider par ses pas, confiante et décidée à me rendre utile.*

*Il me fit traverser plusieurs quartiers qui grouillaient déjà de leur effervescence matinale. Les vendeurs ouvraient leurs échoppes, petites comme des niches, dans lesquelles s'entassait un bric-à-brac poussiéreux et bariolé. Les femmes venaient remplir des seaux d'eau, d'autres, accroupies sur le sol, vendaient des cacahuètes ou des boules de savons grisâtres. Des enfants se disputaient des détritus avec des chiens, certains vendaient des sacs de fruits déjà blets.*

*Puis, au détour d'une rue, il obliqua subitement dans une impasse étroite. Les maisons étaient si serrées que la lumière elle-même avait du mal à s'y faufiler. Au milieu, une vache efflanquée nous empêchait de passer. Nous patientâmes quelques minutes, jusqu'à ce qu'elle nous laisse suffisamment de place pour la contourner.*

*Au bout de la ruelle se trouvait une maison à deux étages, que je trouvai délabrée. Il se posta devant l'entrée, matérialisée par un simple rideau de tissu à la couleur indéterminée. Un peu déçue, je me demandai quel genre d'atelier il pouvait abriter. Il me poussa à l'intérieur. Je fus très étonnée de la brusquerie de son geste mais ne protestai pas. Peut-être que ma lenteur l'impatientait.*

*La pièce principale, en terre battue, était dépouillée de tout ornement. Seules quelques nattes étaient disposées contre un mur de briques nues. Sur l'une d'entre elles, une fille était assise, qui se leva dès qu'elle aperçut Ganesh. Les cheveux défaits, elle portait un sari mal noué, à la couleur de marigold fané. D'un mouvement de tête, Ganesh lui intima l'ordre de se retirer. La fille s'inclina, dans une attitude mêlée d'adoration et de crainte. Puis elle disparut sur la gauche, dans une pièce attenante.*

*— C'est ici que tu travailleras, me dit-il d'une voix égale.*

*Puis il poussa une porte sur la droite :*

*— Tu recevras les clients dans cette chambre.*

*Avec curiosité, je m'avançai pour voir l'endroit dont il parlait. J'étais tellement naïve. Mais avec le recul, je ne m'en veux même pas. J'avais vécu recluse pendant dix ans, avec des offrandes et des dévotions pour seule réalité. J'aurais plongé, tête la première, dans n'importe quel autre piège que l'on m'aurait tendu. Je venais de naître, je ne connaissais rien à la vie.*

*La pièce était borgne et mal aérée. Des bougies à moitié consumées traînaient sur le sol. Dans un coin, une couche informe pour tout mobilier. Un gecko, effrayé par notre entrée, disparut subitement dans un trou.*

*Même à ce moment-là, je n'ai pas compris.*

*— Qu'est-ce que je suis censée faire ? demandai-je à Ganesh avec mon innocence d'enfant enfermée.*

*Les yeux aux longs cils noirs s'agrandirent de surprise, et Ganesh éclata d'un grand rire qui me fit mal. Aujourd'hui encore, je ne peux oublier le regard qu'il me lança en cet instant.*

*— Ne me dis pas que tu n'as pas compris ?*

*Constatant que je ne répondais pas, il ajouta, tout en continuant de rire :*

*— C'est la première fois que j'en dégotte une comme toi ! Mais tu sors d'où ? Tu es vraiment aussi stupide que tu en as l'air, ou tu te moques de moi ?*

*Les larmes me montèrent aussitôt aux yeux. Pourquoi me parlait-il ainsi ? Où était passé le Ganesh protecteur qui m'avait tirée du déshonneur, de la honte et peut-être de la folie ?*

*Jamais je ne me serais doutée de ce qu'il attendait de moi.*

*Alors que j'avais l'impression de commencer à me relever, on me poussait à terre une deuxième fois, avec une violence extrême.*

*Le cauchemar dura cinq années.*

# 19.

17 heures passées. Je viens d'apprendre que ma grand-mère, l'élue, la déesse adulée, unissant dans un même culte les communautés bouddhistes et hindouistes, celle sans qui le roi ne pouvait régner, était devenue prostituée. À quinze ans.

Tout me paraît si subit. Lundi, je ne savais même pas que j'avais une grand-mère qui vivait à quelques centaines de kilomètres de chez moi. Et aujourd'hui, je dois encaisser une réalité que je n'aurais jamais pu imaginer.

Dans ma tête, plusieurs sentiments sont mélangés en une sorte de maelström puant.

Tristesse. Tristesse infinie pour cette fille de quinze ans qui, pour la deuxième fois, est utilisée comme un vulgaire objet.

Rage. Rage contre ce salopard qui profite de la faiblesse d'une vagabonde complètement paumée, qu'il va rendre peu à peu dépendante, à grands coups de charme et de douceur simulée.

Colère et incompréhension contre le poids des traditions qui ont détruit Sajani, la laissant ignorante de tout, incapable de se débrouiller.

Et puis… j'ai honte. Je me déteste d'être si égoïste mais c'est vrai, le sentiment est bel et bien là, au fond de moi. À la place de vénérables ancêtres, adorant le panthéon des dieux hindous sur fond de sommets immaculés, on me refile une grand-mère prostituée.

Je sais que c'est atroce de penser à moi alors qu'elle a vécu les pires horreurs, mais je ne peux pas m'en empêcher. Je me dégoûte.

J'ai tellement mal que je n'arrive même pas à pleurer.

Alex arrive chez Josy, il me trouve prostrée devant le carnet. Il me faut plusieurs minutes pour réussir à lui expliquer. J'ai du mal à faire sortir les mots de ma bouche, c'est comme s'ils m'écorchaient.

Il m'écoute sans rien dire jusqu'à ce que j'aie

terminé de tout déballer. Maintenant, il me regarde avec une tristesse infinie dans les yeux.

— Oh ! Marie, je suis tellement désolé pour toi. Et pour elle. Je sais pas quoi te dire. C'est juste… horrible.

Je serre les mâchoires.

— Tu sais, le pire, c'est que je ne sais même pas contre qui déverser toute ma rage. Même si je retrouvais ce salaud – ce qui est impossible, sans compter qu'il a peut-être déjà crevé –, qu'est-ce que j'y gagnerais ? Je me vois bien casser la gueule à un vieillard édenté, tiens.

Je fais une pause mais je reprends finalement, parce que j'ai trop besoin que ça sorte, et parce que je sais qu'il n'y a qu'Alex qui pourra me comprendre :

— Et puis je crois que j'ai… honte.

Je n'ose pas le regarder dans les yeux.

— Je suis horrible, hein. Tu te rends compte, j'ai honte d'elle. Je suis déçue. Et pourtant, je n'ai pas plus de raisons de me sentir fière d'être la petite-fille d'une déesse que d'avoir honte d'être celle d'une pute.

Alex hoche la tête :

— C'est clair. T'y peux rien. T'es pas responsable des actes des membres de ta famille, et ce qu'ils ont fait, que ça soit bien ou pas, ne change rien à ce que tu es. Je sais que c'est pas très réconfortant mais bon, je te comprends. J'ai... j'ai un cousin qui a fait de la prison pour un truc sordide, alors...

Je le fixe, étonnée. Jamais il ne m'en avait parlé.

— Ah bon ? Mais tu ne me l'avais jamais dit !

Il baisse les yeux :

— Ben non, c'est pas le genre d'histoire que l'on crie sur les toits. Dans la famille, personne n'en parle jamais. C'est le truc honteux, à croire que ça se refile comme une MST.

Il ajoute :

— Et puis de toute façon, dans le cas de ta grand-mère, c'est différent. Elle, elle n'y pouvait rien. Elle s'est juste trouvée au mauvais endroit, au mauvais moment. Elle était paumée. À sa place, n'importe qui serait tombé dans le panneau.

Je hoche la tête. Il a raison. Les larmes me montent aux yeux :

— Mais j'avais tant de rêves dans la tête, Alex... J'ai jamais eu de père. Le Népal, c'est tout ce que j'avais !

Il contourne la table et vient m'entourer de ses

bras. C'est la première fois, je crois. Je pleure sur la laine de son manteau qu'il n'a même pas pris le temps d'enlever.

Il me chuchote des mots apaisants. Qu'il a dû falloir beaucoup de courage à Sajani pour témoigner de tout ça. Et que si elle s'est mariée avec Jean et qu'elle a pu écrire son histoire, c'est qu'elle s'en est tirée.

Jean... Jean qui m'a cherchée partout pour me donner ce putain de carnet. Pourquoi il a fait tout ça, alors qu'il n'est même pas mon vrai grand-père ?

Je comprends maintenant pourquoi il m'a demandé de ne pas aller trop vite. Avec Sajani, ils devaient se douter que ça ne serait pas facile à lire.

Mon grand-père... Soudain, les pièces du puzzle s'emboîtent. Jean a bien dit que, quand il a connu Sajani, elle avait vingt ans et était enceinte ?

Un rideau blanc tombe devant mes yeux. Les affiches pourries ont disparu des murs. La moiteur et les odeurs de café, de vin blanc et de cacahouètes rances : envolées. En face de moi, les lèvres d'Alex remuent mais je n'entends plus sa voix.

Je suis toute à cette pensée qui a surgi de nulle part.

Sajani est sortie du palais à quatorze ans. S'est enfuie de chez ses parents à quinze, puis est restée avec Ganesh pendant cinq ans. Quinze plus cinq égale vingt. Donc, si à vingt ans, quand Jean l'a rencontrée, elle était encore prostituée, il n'y a pas cinquante possibilités. Ça veut forcément dire que mon vrai grand-père était... un client venu se payer une jeune gamine pas trop abîmée.

J'ai la nausée. Je plonge le carnet dans mon sac. Je murmure quelques mots embrouillés à Alex. Je me dirige vers la sortie, j'avance comme si j'étais dans du coton. Je me retrouve à l'arrêt de bus sans savoir comment j'y suis arrivée. Maintenant, je comprends pourquoi ma mère n'a jamais rien voulu me dire. Pourquoi elle a choisi de tirer un trait sur son passé et tout ce qui était susceptible de le lui rappeler. Elle savait. Elle savait qui était son père, enfin plutôt, ce qu'il n'était pas. Et quarante ans après, elle ne pouvait toujours pas le digérer. Alors elle a choisi de faire comme si tout ce ramassis de malchance et de malheur n'existait pas. Peut-être pour me protéger... ou se protéger elle-même. De toute façon, comment annoncer à sa fille que sa grand-mère a été prostituée ? Ça me fait déjà horriblement mal alors que je ne suis « que » sa petite-fille et que je ne l'ai jamais vue, alors j'imagine ce que ma mère a dû ressentir à propos de celle qui l'a nourrie, bercée, éduquée. Je pense amèrement que toutes les deux, on se ressemble, finalement. Ça me rappelle cet article que j'avais trouvé dans l'un des magazines de psycho qui traînent toujours au salon. Ça m'avait marquée. L'article disait qu'on reproduisait souvent ce que font nos parents pour les excuser inconsciemment, ou légitimer leur conduite.

*Alors toi aussi, maman, tu as trouvé le moyen de construire une histoire pourrie à ta propre fille, en lui choisissant pour père un abruti, immature et lâche.*

18 h 23. Je saute du bus et cours dans la rue comme une dératée. Maintenant, c'est terminé, ces conneries de non-dits. *Il faut qu'on en parle, et tout de suite, avant que tu ne partes bosser.*

# 20.

Je grimpe les escaliers quatre à quatre et me rue sur la porte d'entrée. Fermée. Et merde, elle est déjà partie. Je regarde ma montre. 18 h 32, je l'ai certainement ratée de peu. Peut-être même que nos bus se sont croisés.

Je sors ma clé, la mort dans l'âme. Il va falloir que je l'attende toute la nuit.

Je lâche mon sac, me débarrasse de ma doudoune et me dirige vers la salle de bains. J'ai besoin de me laver.

Sous l'eau brûlante, les larmes se remettent à couler. Je pleure de plus en plus fort, rageusement. Je pleure de fureur contre ces prêtres aveuglés par leurs rituels, contre Ganesh, contre Jean, à qui je n'avais rien demandé, et contre moi qui ne pense qu'à ma minable petite personne.

J'attends qu'il n'y ait plus d'eau chaude pour sortir de la douche. Je m'enveloppe dans le grand peignoir blanc, celui qu'il faut normalement garder pour le cas où l'on serait hospitalisée. Quelle connerie.

Je m'allonge sur mon lit et je ferme les yeux. Je ne me sens pas prête à lire ce que Sajani raconte de sa vie de prostituée. En tout cas, pas tout de suite.

Je me roule en boule et rabats la couette sur moi. Je n'ai qu'une envie : dormir, pour ne plus penser.

J'ouvre les yeux, la bouche pâteuse. Ma chambre est noire. Quelle heure est-il ? Je regarde mon réveil : 3 h 12. Le déroulé des événements me revient en tête. J'ai dormi huit heures. Ça fait un bail que je ne me suis pas endormie à sept heures du soir. J'allume la lumière et me passe une main dans les cheveux. J'ai mal au crâne et j'ai soif, ça me fait toujours ça quand j'ai trop pleuré.

Je vais me chercher une bouteille d'eau et

recommence à pleurer, doucement, dans le silence pesant de l'appartement. La rage, moins violente, a laissé un peu de place à la tristesse.

Dans l'entrée, j'aperçois mon sac de cours, abandonné tout à l'heure. Avec à l'intérieur, le carnet de Pandore.

Je le sors pour l'emmener avec moi, même si je ne sais pas pourquoi, parce que je n'ai toujours pas envie de me plonger dans ces cinq ans de prostitution. Être obligée de digérer ses propres mots, comme si elle était devant moi, comme si je voyais la douleur dans ses yeux. J'ai lu *Moi, Christine F., droguée, prostituée* et ça me suffit largement pour imaginer.

Sans avoir le temps de comprendre ce qui m'arrive, je me sens perdre l'équilibre. Je tente de me rattraper. Trop tard, je tombe. À genoux sur le carrelage, je me retourne et réalise que je me suis pris les pieds dans les lanières de mon sac. Pourquoi je suis toujours aussi maladroite ? Je me relève et ramasse la bouteille qui a roulé sur le côté. Je me baisse pour attraper le carnet. Il est ouvert à la dernière page, là où Jean a noté ses coordonnées.

Je fixe la ribambelle de petits symboles noirs. Est-ce que c'est un signe ?

C'est vrai, je pourrais l'appeler, là, maintenant, en pleine nuit. Qu'est-ce qui m'en empêche ? Deux pauvres chiffres indiqués sur une horloge ? Au moins, il me dirait vraiment pourquoi il a fait tous ces efforts pour me retrouver, pour me donner le carnet.

Je retourne vers le téléphone. Et je compose les chiffres du numéro qu'il a noté.

La sonnerie résonne dans le combiné. Dix fois, quinze fois. *Tu vas te lever, oui ?*

Enfin, ça décroche. Une voix ensommeillée :

— Oui ?

— C'est moi, Marie.

Silence. Que je romps :

— Pourquoi vous teniez tellement à ce que je sache tout ça ?

— Est-ce que tu as tout lu ?

— Non. J'en suis à un tournant plutôt... perturbant. Vous vous rendez pas bien compte de l'effet que ça peut faire, je crois.

J'entends sa respiration et je l'imagine dans le noir, ses cheveux blancs décoiffés, les pupilles larges comme celles d'un chat.

— La vérité ou le bonheur... c'est toujours la même question, n'est-ce pas ? Tu aurais préféré ne rien savoir ?

Je me tais quelques instants. Mais la réponse n'est pas longue à venir :

— Je ne suis pas sûre que ce soit vraiment la question, justement. Ça fait seize ans que je me demande qui je suis… seize ans que ça hurle à l'intérieur de moi. Alors la vérité, je la voulais.

J'avale péniblement ma salive avant d'ajouter :

— Seulement, je n'avais pas imaginé qu'elle puisse me faire si mal.

— Je comprends, Marie.

J'ai envie de crier, de pleurer et de me marrer en même temps. Qu'est-ce qu'il peut savoir de moi, de ma rage et de ma peine ?

Sa voix se fait prudente, comme pleine de précautions :

— Personne ne pourra changer ce qui est arrivé. Sajani avait besoin de laisser une trace de ce qu'elle avait traversé. Je l'ai encouragée, pour que ces années de souffrance n'aient pas servi à rien. À nous de… de faire en sorte de l'accepter.

— Vous aimez les clichés.

— C'est pourtant la vérité.

— Pourquoi ma mère s'est tirée de chez vous ?

— Je pense que tu t'en doutes, à présent. Cette vérité, Dahoe ne l'a jamais acceptée. Ta mère était une enfant difficile, très demandeuse, jamais rassasiée de quoi que ce soit. Mais avec son histoire, il aurait été illusoire de s'attendre à autre chose. Sajani n'a pas supporté d'être enceinte de l'un d'entre eux, et quand Dahoe est née, elle a eu beaucoup de mal à nouer un lien avec elle. Dans ce petit visage, elle revoyait constamment ceux qui l'avaient violée pour quelques roupies. J'ai fait de mon mieux pour les aider à s'apprivoiser. Toutes deux étaient des victimes. Sajani n'avait jamais demandé à être Kumari, pas plus que ta mère n'avait demandé à naître en traînant une histoire pareille.

J'avale péniblement ma salive.

— Est-ce que ma mère sait que Sajani est… est morte ?

— Non. Enfin, je ne vois pas comment elle l'aurait su.

Je continue, piquée par une bouffée d'agressivité :

— C'est pour ça que vous m'avez retrouvée ? Pour que ce soit moi qui lui dise ? Ou parce que vous vouliez vous servir de moi pour vous rabibocher ?

Silence à l'autre bout du combiné.

— Honnêtement, non. En tout cas, si c'était le but de Sajani, elle ne m'en a jamais parlé.

Mais... maintenant que tu le dis. Ça pourrait être une bonne idée. Grâce à toi, Dahoe accepterait peut-être de retenir de sa mère... autre chose que ces cinq malheureuses années.

Pendant quelques secondes, il laisse à nouveau le silence saturer le combiné avant d'ajouter :

— Elle a tout fait pour s'en sortir. C'était une femme très courageuse. Et puis surtout, malgré toutes ses difficultés et sa maladresse, ta grand-mère a vraiment aimé Dahoe. Quand, à dix-huit ans, ta mère est partie, quelque chose s'est brisé en Sajani.

Je ne sais pas quoi dire. Peut-être que d'ailleurs, il n'y a tout simplement rien à répondre.

Je raccroche doucement le combiné, sans un mot.

Je m'assois dans le canapé.

Toute seule dans le salon, au milieu des ombres fantomatiques laissées par les lampadaires de la rue, je fixe l'horloge. Trois heures trente. Je vais avoir le temps de réfléchir.

# 21.

Le bruit de la clé dans la serrure. Mon cœur se met à battre. C'est elle.

Le moment est venu de tout se raconter. Je ne sais pas comment ça va se passer. Je ne sais pas par où commencer.

Je me lève comme un soldat part au combat. Rien ne m'oblige à provoquer ça. Et pourtant, je n'envisage même pas de faire autrement.

J'entends les clés qui se posent sur la commode. Les portes du placard qui coulissent, le cintre qui tinte contre la tringle.

Je m'avance dans le hall d'entrée. Ma mère se retourne et sursaute en me voyant :

— Marie ? Mais tu m'as fait peur !

Elle reprend son souffle, la main sur la poitrine :

— Qu'est-ce que tu fais debout à cette heure-ci ? On n'est pas samedi, aujourd'hui ? Et pourquoi tu as mis ce peignoir, je t'ai déjà…

— J'arrivais pas à dormir.

Elle s'approche de moi, le visage marqué d'une inquiétude maternelle instinctive.

— Qu'est-ce que tu as ? Tu as mal où ?

*Jusqu'aux globules.*

— Nulle part. Je ne suis pas malade. Juste fatiguée. Je t'ai attendue toute la nuit. J'ai... j'ai besoin de te parler.

Dans ses yeux, l'inquiétude s'accroît, on atteint presque la panique :

— Oh ! non, Marie. Dis-moi que ce n'est pas ça. Tu n'as que seize ans ! Tu as tes études et...

Je la stoppe de la main :

— On se calme, je suis pas enceinte, si c'est ce à quoi tu penses. Je vais quand même pas refaire la même connerie que toi.

Je me mords la langue. Je n'aurais pas dû dire ça. Trop tard, le coup est parti. Son regard se ferme.

— Alors qu'est-ce que tu veux ?

— Je veux qu'on parle de Sajani.

Au son de ce prénom, ma mère vacille. Je la regarde ployer sous le choc. Sajani. Ça doit faire un bail qu'elle n'a pas entendu ces trois syllabes. Plus de vingt ans, en fait.

Son visage est gris comme de la cendre, sa voix glacée :

— Qui… comment connais-tu ce prénom ?

Je réplique par une autre question. Le match est ouvert.

— Pourquoi tu m'as menti ?

Je n'ai pas pu m'empêcher de crier.

— Pourquoi tu m'as rien dit ? Seize ans que je mendie la moindre miette, le moindre débris d'information sur notre famille, seize ans que tu me balades en me faisant croire que mes grands-parents sont morts ! Que le Népal, tu connais pas !

Les lèvres serrées, elle me passe devant. Elle entre dans la cuisine, la démarche raide comme celle d'un robot. Je lui emboîte le pas, furieuse de la voir se réfugier à nouveau dans le silence. Elle ne va pas se défiler comme ça.

Je la retrouve face à la fenêtre, les poings serrés.

— Maman, cette fois on va pas s'arrêter là ! On va se parler, tu entends !

Elle ne répond pas. Je ne vais pas laisser tomber. Pas maintenant.

— Ou tu préfères peut-être que je t'appelle… Dahoe ?

Elle se retourne et me crache d'une voix sifflante :

— Je t'interdis de m'appeler comme ça !

— C'est pourtant ce prénom que Sajani avait choisi pour toi.

Elle reprend, blanche de rage :

— Qu'est-ce que tu es allée fouiller ? Quel besoin tu avais de remuer toute cette… toute cette merde ?

Sa douleur m'atteint droit au cœur. J'avais vu juste. Elle n'a pas du tout accepté.

Je sors le carnet de la poche du peignoir et le lance sur la table :

— Je sais tout.

Elle fixe la tache rouge, les yeux écarquillés, sans comprendre.

— Tout est écrit là-dedans. De la main de Jean.

À cette nouvelle évocation, je la sens faiblir une seconde fois. Elle s'assoit. Le moment est venu, je vais tout déballer.

— Je sais que ma grand-mère était une Kumari. Qu'à sa sortie, elle est tombée sur un salaud qui l'a prostituée. Et je sais que quand Jean l'a rencontrée, elle était enceinte de toi. D'un de ses clients.

Sur le visage de ma mère, l'horreur se dessine. Elle hurle :

— Tais-toi !

Puis elle s'écroule en sanglots. Ses larmes ruissellent le long de ses joues, comme si mes mots avaient ouvert un robinet. C'est terrible de voir sa mère pleurer. Mais malgré tout, je suis soulagée, parce que, au moins, c'est une émotion, plus du goudron.

Les larmes coulent longtemps. Une éternité. Je tourne la tête, pour ne plus regarder, jusqu'à ce qu'enfin, je l'entende murmurer :

— Mais comment... comment tu les as retrouvés ?

Je hoche la tête :

— Je n'ai cherché personne. C'est Jean qui m'a trouvée. Il m'a attendue à la sortie du lycée et m'a donné le carnet.

La surprise se lit dans ses yeux gonflés :

— Mais... pourquoi ?

Je réfléchis avant de répondre. Je crois qu'il est un peu trop tôt pour lui annoncer que Sajani est morte.

— Sajani et lui ont rédigé ses mémoires pour... pour laisser une trace de ce qui lui est arrivé. Pour que je le sache.

Une lueur de mépris passe dans ses yeux :

— Ils n'étaient même pas au courant que tu existais.

— Je sais, Jean me l'a dit.

Elle a cru marquer un point, c'est raté.

Je respire un grand coup, puis lui repose la question, parce que je veux entendre la réponse de sa bouche :

— Mais toi, pourquoi tu ne m'as rien dit ? Tu croyais que je vivrais mieux en ignorant tout ça ?

Elle se réfugie dans ses mains et recommence à pleurer. Je pense à ma conversation avec Jean, à laquelle j'ai tant réfléchi cette nuit. Alors je continue :

— Le pire, c'est pas de savoir… le pire, c'est quand on ne sait rien ! Tous ces non-dits avec lesquels j'ai dû grandir !

Elle lève la tête, son beau visage ravagé de taches rougeâtres. Puis, enfin, elle crie :

— Tu aurais voulu que je te dise que ma mère m'avait eue quand elle était *pute* ? Et que mon père était l'un de ses clients ?

Sa voix s'est brisée sur le mot.

Je soutiens son regard. Ces émotions-là, je les ai ressenties, alors elles ne me gênent plus :

— Tu crois que… que je t'aurais moins aimée si j'avais su comment tu étais née ?

Elle explose à nouveau en sanglots. Je me lève pour lui apporter un bout d'essuie-tout et aussi me reposer quelques secondes de cette vision tellement, tellement pénible.

Elle reprend, la voix ébréchée :

— Tous les jours, je me demande ce qu'aurait été ma vie si je n'avais pas été au courant, ou même… si elle m'avait abandonnée. Mais non, elle m'a gardée et m'a tout expliqué. Et il a fallu que je vive toute mon enfance avec l'idée d'une mère qui devait détester ce que je représentais. Chaque jour devant ses yeux, j'étais là pour lui rappeler l'enfer qu'elle avait vécu. Pas facile de se construire avec ça. Comment pouvais-tu croire que j'avais envie de te le raconter ?

Devant toute cette émotion qui se transforme enfin en mots, c'est moi qui me mets à pleurer. J'ai tellement mal pour elle, pour Sajani. Pour cette histoire gâchée.

Elle murmure :

— Je sais bien qu'elle n'y pouvait rien. Qu'elle était juste… mal tombée. Mais c'était plus fort que moi. En partant de chez eux, en arrêtant de les voir, je pensais pouvoir réussir à oublier son passé… et ce que j'étais.

— J'imagine que ça n'a pas marché.

Elle hoche la tête avec un sourire acide :

— Non, pas vraiment, en effet.

Je pousse le carnet vers elle :

— Tu veux le lire ?

Elle fixe le carnet et répond aussitôt :

— Non.

— Maman… Tu sais, elle t'aimait. Jean me l'a assuré. Quand tu es partie, elle ne s'en est jamais remise.

Il y a tant de tristesse dans ses yeux. Et d'autres sentiments aussi, que je n'arrive pas à décoder. J'ai envie de la prendre dans mes bras. Mais quelque chose me retient. Peut-être encore un peu de rancœur. J'aurais tellement aimé apprendre cette histoire de sa bouche, et non dans les pages d'un carnet.

— Tu l'as vue ?

— Qui ? Jean ?

— Non. Elle. Sajani.

Je me mords la lèvre. Je ne peux plus lui cacher. Pas après lui avoir justement reproché ses non-dits.

— Maman… Sajani est morte. Cet été.

# 22.

On est toutes les deux allées se coucher, démolies.

J'ai dormi presque toute la journée.

Je me suis réveillée à cause d'un klaxon énervé, dehors dans la rue. Et depuis une durée indéterminée – une demi-heure, deux heures, qui sait ? –, je fixe le plafond sans bouger, allongée sur le dos.

Je tends l'oreille. Aucun bruit en provenance de la cuisine ou de sa chambre, je pense qu'elle dort encore. Je ne sais pas si c'est la fatigue ou la tristesse. Les deux épuisent, de toute façon.

Je me sens tellement soulagée. Cela faisait si longtemps que j'attendais ce moment. Je repense à toutes les fois où j'ai essayé de lui soutirer ne serait-ce qu'un tout petit bout d'information, aux niaiseries désespérées de ma période enragée, qui ont dû la torturer plus que des aiguilles dans une plaie mal soignée.

Je ne sais pas ce qui va se passer, maintenant. Je ne sais pas si elle voudra lire les mémoires de Sajani ou aller voir Jean avec moi. À la limite, ça m'est même égal. Tout ce qui compte, c'est que cet abcès puant soit crevé.

J'attrape le carnet. Je l'ouvre à la dernière page et je tourne les feuilles en sens inverse, pour être sûre de ne pas tomber sur ce que je ne veux pas lire.

Ce que j'ai envie de savoir, maintenant, c'est comment elle a rencontré Jean.

*Ganesh nous maintenait dans un état de dépendance soigneusement étudié. Les passes avec les clients alternaient avec des moments gais et légers, où il nous distillait ses cajoleries, tendre et reconnaissant. S'il estimait que nous avions bien travaillé, il nous abreuvait de sourires, de thé parfumé et de sucreries variées.*

*Mais si par malheur un client s'était montré insatisfait, il entrait dans une fureur noire qui effrayait les autres filles comme l'aurait fait la sombre déesse Kali*, brandissant ses têtes coupées, la langue noire et pendante.*

*Je ne sais pas trop comment l'expliquer, mais nous faisions tout pour le satisfaire. Peut-être que les premiers mois passés avec lui avaient tant été marqués de bonheur et de sérénité que nous ne pouvions voir autre chose en lui que cet homme qui nous avait sauvées. Car c'est aussi dans la rue que Ganesh avait trouvé Roshni et Sunita.*

*Dans les quelques moments de lucidité qui me traversaient l'esprit, quand je me sentais trop sale, trop épuisée, je pensais furtivement qu'il me suffisait de passer le rideau, de courir et de me réfugier dans une autre ville.*

*Mais sans argent, où aller ? Sans métier, sans mari, qu'est-ce qu'une femme pouvait espérer ? Avec Ganesh, j'avais de quoi manger et dormir. Roshni évoquait les bordels indiens en disant qu'ici, au moins, on était bien traitées. Car Ganesh, malgré tout, prenait soin de nous. Il pouvait se montrer si délicat. Dans un coin de mon âme, j'avais gardé l'espoir qu'il m'épouserait. J'avais l'impression que pour lui, je n'étais pas tout à fait comme les autres. Il avait confiance en moi.*

*De temps à autre, il m'offrait une journée de répit pendant laquelle j'essayais d'oublier la vie que je menais. Souvent, je me retrouvais assise au bord de la rivière Bagmati, là où Ganesh m'avait trouvée. Écrasée par la grandeur du temple de Pashupati-*

*nath, devant les ascètes au visage couvert de cendres, je finissais invariablement par me demander quelles actions j'avais bien pu accomplir dans mes vies antérieures pour avoir été réincarnée ainsi.*

*Au bout de la quatrième année, il me remit même quelques roupies à dépenser lors de ces moments de liberté. Je lui en étais extrêmement reconnaissante, étant, de plus, la seule à qui cette faveur était accordée.*

*Selon les jours, j'allais m'acheter du thé, une couronne de fleurs ou un de ces petits fromages frais que j'adorais. Je le mangeais lentement, par petites bouchées, le laissant fondre sur ma langue avant de l'avaler.*

*À proximité de ce que Ganesh appelait « La Maison », il y avait une roulotte où l'on trouvait des* dal bath *à très bon marché. La vendeuse était une vieille dame minuscule et fatiguée, au visage et aux mains de parchemin. Je pense qu'elle avait deviné ma condition, mais jamais elle ne me montra une quelconque forme de mépris ou de répulsion.*

*Au bout de quelques semaines, elle me sourit pour la première fois. Ce sourire, si entier, si intact au milieu de ce visage sillonné de rides, me ramena immédiatement plusieurs années en arrière. C'était le même que celui d'Ashanti, ma kumarimi bien-aimée.*

*À partir de ce jour, j'y revins chaque fois que j'en*

*eus la possibilité, rien que pour me remplir du souvenir de celle qui avait remplacé ma mère.*

*Et puis un matin, la vieille dame a disparu de la roulotte, remplacée par un Occidental aux cheveux blonds. Je lui demandai où se trouvait l'autre vendeuse. Dans un népali parfait, il me répondit qu'elle était malade et que le propriétaire de la roulotte l'avait embauché pour la remplacer.*

*Je partis, hébétée, sans rien lui acheter.*

*Mais je revins souvent, jusqu'à ce petit matin de janvier. Je m'étais levée tôt, à l'heure où les chiens sont encore lovés dans les ruelles embrumées. J'ai attendu devant sa roulotte. J'avais froid. En arrivant, il a aussitôt posé une petite bouilloire défoncée sur un réchaud à kérosène, puis m'a tendu un thé. Il a attendu que j'aie terminé pour m'annoncer, s'effaçant derrière ses mots, que la vieille dame était morte quelques jours plus tôt. J'ai fixé son visage si clair et j'y ai lu de la compassion. Je crois que c'était la première fois que je le regardais vraiment.*

*Il t'en a fallu du temps pour m'apprivoiser, Jean.*

# 23.

Du pied, je pousse la porte de ma chambre, un verre de lait et un bol de céréales en équilibre précaire sur un plateau. Tout à l'heure, maman est arrivée dans la cuisine, les yeux encore tout gonflés de sommeil et de pleurs. Elle m'a vaguement souri puis s'est allumé une cigarette qu'elle a fumée à la fenêtre.

Sans se retourner, elle m'a juste dit qu'elle avait besoin de temps.

Je lui ai mis la main sur l'épaule, puis je suis repartie avec mon plateau, sans dire un mot.

À l'intérieur de moi, j'ai l'impression qu'on est deux. Une Marie qui se sent coupable de faire vivre cette épreuve à sa mère, de lui rappeler ce qu'elle cherche à oublier, et une autre qui est fière de ce qu'elle a fait parce que, même si ça a été dur, ça sera salutaire. Enfin, je l'espère.

Bon d'accord, je ne pense pas que, dès demain,

elle va se mettre à décorer le salon de drapeaux népalais au son de musique traditionnelle. De toute façon, ce n'est pas, enfin, ce n'est plus ce que j'attends. La cosmétique, je m'en fous. Tout ce qui compte, c'est qu'on ait fait un bout de chemin l'une vers l'autre. Cette idée me rend plus confiante et plus sereine que je ne l'ai jamais été.

Je pose le plateau sur mon bureau. Mon téléphone se met à vibrer.

J'ai reçu un SMS d'Alex. J'appuie sur l'icône, la petite enveloppe s'ouvre sur ces mots :

« *It's time ! Good luck !* »

*It's time* de quoi ?

Oh ! non. Le théâtre. Hugues Cartier-Dampierre. J'ai juste… oublié. Je regarde l'heure : 18 h 35. Même en sortant comme ça, en pyjama et peignoir, sans me maquiller ni me brosser les dents, et en piquant un sprint jusqu'à l'arrêt de bus, je ne serai pas sur place avant une bonne heure. Pour un rendez-vous à 19 heures, ça fait juste. En ce moment, j'ai vraiment un problème avec le temps.

Finalement, j'ai presque envie de rire. Quand même, il faut le faire. Passer un an à rêver qu'il m'adresse la parole et, quand le miracle arrive enfin, lui poser un lapin. Et un beau, genre lapin de compétition.

En plus, je n'ai même pas son numéro de portable pour le prévenir. Il va d'abord regarder sa montre en se demandant ce que je fous – bus coincé ? cheville foulée ? brushing raté ? – avant de repartir, vexé, en me traitant de tous les noms. Je ne suis pas près de l'avoir, mon baiser passionné.

C'est étrange, je pensais que j'en serais plus affectée. Mais à bien y réfléchir… oui, j'ai juste envie de rire. Cette attente, ce rendez-vous, ça me paraît si… accessoire.

Par contre, ce qui me met mal à l'aise, c'est de penser qu'il va m'attendre pour rien. Je vais appeler Alex. Peut-être qu'il connaît quelqu'un qui a ses coordonnées.

Je compose son numéro. Il décroche aussitôt :

—Alors t'es prête ? Comment t'es habillée ?

—Pyjama en pilou et peignoir blanc. Mais tout neuf, le peignoir.

J'étouffe un rire en écoutant son silence. En fait, c'est lui que j'avais envie d'entendre. Je n'avais jamais réalisé à quel point il comptait pour moi. Je l'imagine, assis bien droit dans son clic-clac, en train de se demander pourquoi je lui raconte des conneries, avec à côté de lui, sa guitare fétiche, de laquelle il n'arrive toujours pas à sortir trois accords.

— Allez, déconne pas ! T'es déjà sur place ou pas ?

— Non. Tu devineras jamais.

— Je devinerai jamais quoi ?

— J'ai oublié !

Nouveau blanc dans le combiné. Puis une voix incrédule :

— T'as oublié quoi ?

— Le rendez-vous !

— Je te crois pas. Tu bluffes.

Je me remets à rire :

— Non non, je te jure. J'ai oublié ! Carrément oublié ! Après tout le temps que j'ai passé à préparer cette soirée ! C'est dingue, non ?

— Marie, il y a quelque chose qui m'échappe. Comment t'as fait pour oublier un truc pareil ?

— Et attends, attends... le plus dingue... c'est qu'en réalité, je m'en fous !

— Tu t'en fous ? Mais qu'est-ce que t'as ? Ça a un rapport avec Sajani ? Il s'est passé quelque chose ?

— Il y a un peu de ça... Alex, ce matin j'ai parlé avec ma mère ! On s'est tout dit. Ça a été horrible, mais je l'ai fait !

Loin, de l'autre côté, je l'entends presque sauter sur ses grands pieds :

— Oh Marie ! Je suis trop content pour toi ! Mais raconte, comment ça s'est passé ?

— Attends, avant que j'oublie, t'aurais pas son numéro ?

— À qui, Hugues ? Non. Ne me dis pas que tu ne l'as même pas prévenu, en plus ?

— Si. Je sais, c'est vraiment pas sympa. Écoute, je me connecterai sur MSN tout à l'heure, il va bien finir par rentrer. Je lui demanderai son numéro et je l'appellerai pour m'excuser. Je lui expliquerai. S'il ne comprend pas, eh bien… eh bien tant pis.

— Si je t'avais raconté cette scène il y a quinze jours, tu m'aurais traité de cinglé.

Je ris. Lui aussi.

— Bon alors, comment ça s'est passé, avec ta mère ?

Les pieds en éventail sur mon bureau, j'attrape mon bol de céréales et je lui explique tout dans le détail. *Merci d'être là pour moi, Alex.*

# 24.

Assise dans le train, je regarde mes pensées qui défilent derrière la vitre, en incrustation sur les paysages enneigés.

Une semaine s'est écoulée depuis que ma mère et moi, on s'est enfin rencontrées.

J'ai passé le dimanche à la maison. Je voulais qu'elle sente une présence. J'avais peur qu'elle reste trop seule avec ses souvenirs et ses émotions, après tout ce qu'on s'était dit, après tout ce que je lui avais balancé. Après tout ce que j'avais remué.

Le premier contact visuel a été le plus difficile, comme si toutes les deux, on avait peur de se regarder à nouveau. C'était très étrange, j'étais toujours sa fille, elle était toujours ma mère, mais de manière différente, plus... complète, plus intense.

On n'a pas encore reparlé de tout ça. Je veux

dire, vraiment. Elle a besoin de temps, et maintenant, je suis prête à lui en laisser. J'ai confiance, je sais que bientôt, on se retrouvera toutes les deux autour de la vie de Sajani, qu'on pourra en discuter sans honte et sans se jeter à la figure notre déception, notre souffrance ou nos regrets.

En attendant, je lui ai simplement expliqué que j'avais besoin d'aller voir où ma grand-mère était enterrée. Je ne sais pas ce que, au fond d'elle, elle a pensé de cette idée, mais en tout cas, elle n'a rien montré. Et elle m'a dit oui.

Par pudeur, j'ai attendu qu'elle soit partie au travail pour appeler Jean. Je crois qu'il est heureux de cette visite. Il m'a donné son adresse et je suis allée à la gare réserver un billet pour Saint-Jean-de-Maurienne. C'est à neuf cents kilomètres. À la montagne.

Quant à Hugues… mardi, pendant le cours de théâtre, il m'a à peine adressé la parole. Je suis un peu déçue, parce que je ne pensais pas qu'il réagirait de manière aussi puérile. Je me suis pourtant platement excusée en lui expliquant qu'un événement important avait surgi dans ma vie. Quelque chose qui avait à voir avec ma famille et qui avait tout chamboulé. Peut-être qu'il ne m'a pas crue ? Ou peut-être que c'était la première fois que ça lui arrivait et qu'il a vraiment été vexé. Pauvre petit garçon gâté.

Je crois que je me sens un peu humiliée, aussi. J'avais osé imaginer qu'il tiendrait suffisamment à moi pour me donner une seconde chance.

À la sortie du cours de théâtre, Alex m'attendait avec un petit paquet dans les mains. Il était allé me chercher un opéra à la pâtisserie. Il sait que j'adore ça. Il me l'a tendu en me disant que c'était pour me consoler de ma pathétique malchance en amour. Une lueur amusée est passée dans ses yeux et je l'ai traité d'imbécile en nappant mon doigt de chocolat. On a partagé.

Derrière la vitre un peu sale du train, c'est son visage qui se dessine, ce visage joliment imparfait de ce nez qu'il déteste et de ces cheveux impossibles à peigner. On dit souvent que c'est comme ça, l'amour. Qu'on le trouve là où on ne pensait pas le rencontrer.

Comme pour Jean et Sajani.

Dans le carnet, elle raconte comment cet Occidental, qu'elle considérait à peine plus que les plats qu'il vendait, l'a sauvée, elle et le bébé qu'elle portait.

Je sors de ma poche la page que j'ai découpée, pour la lire une dernière fois. Celle-ci, je ne veux pas que ma mère puisse la trouver.

# 25.

*Durant ces années passées au fond d'une venelle sordide de Katmandou, au contact des autres filles et des gens à qui j'étais forcée de me donner, j'avais finalement beaucoup appris sur le monde, sur la nature humaine et sur moi-même. Je m'étais forgée une armure que j'endossais plusieurs fois par jour, pour me préserver, pour ne pas devenir folle. Je me détachais de mon corps, je m'envolais au-dessus de la maison, au milieu des lambeaux de cerfs-volants accrochés sur les toits.*

*J'avais un peu plus confiance en moi. J'avais d'ailleurs compris qu'il n'y avait que sur moi-même que je pouvais compter.*

*Jusqu'à ce que mon ventre se mette à gonfler.*

*Quand j'ai compris ce qui m'arrivait, le monde s'est écroulé. J'étais terrifiée. Ganesh allait être furieux. Il me battrait ou me jetterait à la rue pour cette faute que je n'avais pas commise. L'errance recommencerait. Avec, au bout, quel dénouement ?*

*Je n'ai même pas pensé à demander de l'aide à mes parents. Ils n'auraient pas compris et le déshonneur se serait abattu sur toute la famille.*

*Malgré tous mes efforts pour le dissimuler sous un tissu serré, je voyais mon ventre enfler, inexorablement. Imaginer ce qui grandissait sous ma peau m'emplissait d'un dégoût profond, je n'avais qu'une idée en tête, m'en débarrasser.*

*Ce bébé n'était pas le mien et ne le serait jamais. Comment aurais-je pu être la mère d'un enfant qui s'était invité dans mon corps, à un moment où mon âme l'avait déserté ?*

*Seules les filles comprirent mon désarroi. Sunita me donna l'adresse d'une vieille dame qui pourrait m'aider. Pour elle, ça avait fonctionné.*

*Après avoir reçu deux fois plus de clients qu'à l'accoutumée, j'ai tendu une grosse liasse de billets à Ganesh. Et j'ai imploré sa bienveillance pour qu'il m'accorde une journée de repos. Il a compté l'argent et a accepté. Après une nuit blanche, je me suis levée et j'ai traversé un Katmandou ensommeillé en suppliant les dieux de m'aider.*

*La vieille femme a secoué la tête en regardant la bosse libérée par le tissu dénoué. La grossesse était déjà bien avancée, elle ne pouvait rien faire.*

*J'ai cru que je mourais à ses pieds.*

*Je suis rentrée, la tête vide et le corps lourd de cet enfant qui se nourrissait de moi, contre ma volonté. Je traversais les scènes de vie quotidienne, les femmes qui triaient des lentilles, les prêtres qui se mêlaient à la foule, les vendeurs d'épices accroupis. Comment, dans les rues, tout pouvait être si normal, alors qu'à l'intérieur de moi, tout était brûlé ?*

*Je suis passée devant la roulotte de Jean et il m'a appelée, de cette manière si peu discrète dont les Occidentaux ne se débarrassent jamais vraiment.*

*Je me suis retournée et, en voyant son visage si plein de sérénité, je me suis mise à hurler. Il m'a serrée contre lui et m'a emmenée derrière sa roulotte pendant que les gens me regardaient comme la folle que j'étais.*

*Je ne sais pas combien de temps j'ai mis pour me calmer. J'étais comme sortie de moi-même.*

*Quand la crise a été terminée, je me suis écroulée,*

*épuisée. Et puis je lui ai tout raconté, à lui, cet homme avec qui je parlais souvent mais dont je savais finalement si peu. Ma lointaine vie de Kumari et la boue dans laquelle j'étais tombée. Cet enfant qui arrivait. Il m'a demandé comment il pouvait m'aider. Je lui ai dit que je voulais mourir. Jamais je n'oublierai ce qu'il m'a répondu :*

*—Viens en France avec moi. Je ne te demande pas de m'épouser, encore moins de m'aimer. Donne-toi juste une chance.*

*Je ne l'ai pas cru. Pourquoi lui aurais-je fait confiance ? Quel sort allait-on encore me réserver ?*

*—Pourquoi quitterais-tu Katmandou et cette vie dont tu avais tant rêvé pour retourner là où personne ne t'attend ?*

*—Pour toi. Je ne cherche pas à me l'expliquer, c'est comme ça. Peut-être que c'était uniquement pour cela que les dieux m'ont mis sur ton chemin.*

*Pour toi. Ces deux petits mots ont résonné dans ma tête pendant les deux semaines dont j'ai eu besoin pour me décider. Ce sont peut-être eux qui ont tout fait basculer. Est-ce que pour quelqu'un, j'avais déjà été autre chose qu'un instrument de culte ou de sexualité ?*

*Et puis il y avait ce bébé qui, malgré mes efforts, était toujours désespérément accroché. Il était de moins en moins facile à cacher et j'avais peur que les clients ne finissent par se plaindre auprès de Ganesh. J'étais acculée.*

*Je suis retournée voir Jean et j'ai accepté de le suivre en France, ce lointain pays qui me paraissait si effrayant de brutalité et de modernité. Mais après tout ce que j'avais vécu, je pensais que rien de pire ne pourrait m'arriver.*

*C'est lui qui est allé chercher les papiers chez Ganesh, pendant une nuit sans lune. Il aurait pu se faire tuer. Pour moi.*

*Je l'ai rejoint derrière le temple de Pashupatinath et je l'ai suivi, des larmes plein les yeux. Quelques jours plus tard, je montais dans un avion, avec, pour tout bagage, un sac contenant un sari et ma première petite robe de Kumari.*

Je déchire la page en deux. Je monte sur le siège pour entrouvrir la fenêtre. Je me prends une gifle d'air glacé. Je jette les morceaux et je les regarde s'envoler. J'ai suffisamment lu ce passage pour ne plus l'oublier.

Sajani a aimé sa fille, et c'est tout ce dont il faut se rappeler.

# 26.

Cinq minutes que j'attends, embarrassée de mon sac et de tout mon attirail anti-froid, devant la portière du wagon encore lancé à toute allure. J'ai trop peur de rater l'arrêt… ou trop hâte de voir Jean. De lui dire tous les mots que j'ai dans le cœur, de le remercier de ce qu'il a fait pour Sajani, pour ma mère et pour moi. Je n'arrête pas de me demander ce qui se serait passé s'il n'avait pas été là, s'il ne lui avait pas proposé de tout quitter pour le suivre… Qu'est-ce qui serait arrivé à Sajani ? Et à ma mère ? C'est flippant de penser au fait que toute une vie peut basculer à cause – ou grâce à – d'infimes éléments. Certains diront que c'est le hasard, d'autres le destin. Au fond, c'est peut-être la même chose ?

En tout cas, le type au pull rouge est devenu mon grand-père, un grand-père dont je suis immensément fière. La biologie n'a rien à voir dans tout ça. La famille, je m'en rends compte, c'est bien autre chose qu'une double hélice d'ADN.

Ce premier week-end dans la maison de mes grands-parents, cette maison dans laquelle Sajani s'est reconstruite, je le considère comme le point de départ de ma nouvelle vie. Une vie plus apaisée, plus sereine. Qui ne sera plus bercée de rêves et d'idéaux exotiques, mais qui ne sera pas, non plus, construite au petit bonheur la chance, au-dessus de fondations inexistantes.

Une vie dans laquelle ma mère et moi, on avance main dans la main, du même côté.

Une vie dans laquelle j'ai un grand-père qui m'accompagnera peut-être un jour à Katmandou, là où tout a commencé, là où tout s'est terminé.

Je regarde l'écran de mon portable. Dans deux minutes si tout va bien, le train arrivera en gare.

Jean m'attendra sur le quai, en bonnet de laine et gros manteau gris. Sa voiture aura du mal à démarrer, il poussera le chauffage à fond jusqu'à ce que le souffle de nos paroles redevienne transparent. Enfin, c'est ainsi que je me l'imagine.

Après une dizaine de kilomètres dans la campagne blanche, on arrivera devant leur maison. Discrète. Chaleureuse. On entrera après avoir enlevé nos bonnets de grosse laine et nos bottes pleines de neige. Il y aura une cheminée, avec son bruit et son odeur. J'ai toujours rêvé d'un feu de cheminée autour duquel discuter.

Je me demande si le souvenir du Népal sera présent, entre ces quatre murs. Sajani a fait la paix avec son passé. Elle ne devait plus avoir besoin de se protéger, comme ma mère, contre tout ce qui pourrait le lui rappeler. Alors, peut-être qu'il y aura des tentures mythologiques, soigneusement accrochées sur les lambris. Des photos de villages perchés sur des éperons rocheux. Un cliché du temple de Taleju, avec ses trois toits en forme de pagode. Peut-être que ça sentira l'encens ou le curry.

Ou peut-être rien de tout ça. Je prendrai ce qu'il y aura. De toute façon, rien ne me décevra.

J'ai hâte de voir des photos d'elle, de découvrir le visage vieilli que j'aurais tant aimé qu'une grand-mère me tende, quand j'étais plus petite.

Peut-être que j'y verrai enfin de l'apaisement, un sourire. Je l'espère.

Je suis pressée de faire courir mes doigts sur des objets qu'elle a touchés… d'effleurer cette minuscule robe d'un autre temps mais semblable à celle que porte pourtant en ce moment, très loin d'ici, une autre petite fille de quatre ans.

Je voulais apporter quelque chose pour déposer sur la tombe de ma grand-mère. J'avais aussi écrit une lettre, je ne sais pas exactement ce que j'allais en faire, la lui lire ou simplement la placer sous son portrait. Je comptais improviser. Mais au téléphone, Jean m'a expliqué que Sajani n'a pas été enterrée. Elle a demandé à être incinérée, comme le veut la tradition bouddhiste.

Il a ajouté que là où elle est, elle est heureuse de voir qu'il ne sera pas seul. Seul à la garder dans son souvenir, seul à décider de l'endroit où disperser ses cendres.

Maintenant, on est une famille.

# L E X I Q U E

**Alexandra David-Neel** (1868-1969) : à la fois exploratrice, ethnologue, journaliste, écrivaine, féministe, spécialiste de l'Orient et chanteuse d'opéra, cette femme d'exception a notamment été la première Européenne à séjourner dans la ville de Lhassa, au Tibet. À l'époque, ce fut considéré comme un exploit puisque la ville était interdite aux étrangers. Elle y pénétra, déguisée en paysanne tibétaine, et y noua de vrais liens avec les habitants et des grands religieux.

**Bol chantant** : instrument de culte, fabriqué en bronze ou en cuivre, utilisé dans les cérémonies d'offrandes ou de méditation. Le principe est de créer une onde sonore harmonieuse, à l'aide d'un maillet ou d'un bâton en bois que l'on tourne sur le bord intérieur ou extérieur du bol.

**Bouddha** : le titre de Bouddha, du sanscrit « éveillé », est traditionnellement employé pour désigner une personne qui a atteint le Nirvâna, c'est-à-dire l'état d'éveil. Finalité de la pratique bouddhique, ce Nirvâna peut être défini comme l'absence de désir, et donc de souffrance. Il est la délivrance du Samsâra, chaîne des réincarnations. Le plus célèbre des Bouddha est le fondateur du bouddhisme, Siddharta Gautama. Selon la datation traditionnelle, il vécut entre 566 et 486 av. J.-C.

**Bouddhisme** : apparu en Inde au V^e siècle av. J.-C., le bouddhisme est tout à la fois, selon les points de vue traditionnels, une philosophie, une spiritualité et une religion. Le bouddhisme, qui compterait aujourd'hui entre 230 et 500 millions d'adeptes, se propose d'aider à comprendre la réalité afin de se libérer des souffrances de la vie. Majoritairement basé sur le détachement, il peut se pratiquer de différentes façons, telles que la générosité, la vertu ou la méditation.

**Brahmâ** : divinité hindoue qui incarne la force créatrice et la cause première de toute chose.

**Caste** : système en principe abrogé en 1964, mais qui n'a pas pour autant disparu de la société népalaise, influençant fortement les rapports sociaux et humains. En vertu de ce système, l'appartenance à la caste se fait de manière héréditaire et elle dicte la conduite et l'attitude à adopter au sein et à l'extérieur de la caste.

Par ordre décroissant d'importance, les quatre castes népalaises sont :

– les *Brahmanes*, souvent prêtres ou enseignants (mais qui sont libres d'exercer un autre métier si tel est leur souhait) ;

– les *Chhétri* ou *Kshatryas*, administrateurs et militaires du pays, ou parfois agriculteurs ;

– les *Vaisyas*, commerçants ou agriculteurs ;
– les *Sudras*, qui font ce qu'on appelle les « petits métiers ».

Les intouchables, quant à eux, ne font même pas partie des castes. Ils sont considérés comme impurs (d'où leur nom) et réalisent généralement les travaux « dégradants » ou impurs (balayeurs, éboueurs, porteurs, pousseurs, bourreaux, tanneurs...).

**Dal bath** : littéralement « riz aux lentilles », c'est le plat emblématique du Népal. Composé de riz blanc et d'une soupe de lentilles, on le mange généralement deux fois par jour, à 11 heures et à 17 heures, toujours de la main droite et sans couverts.

**Dasain** ou **Dashain** : fête népalaise qui se déroule chaque année pendant quinze jours, durant la période de la mousson (septembre/octobre), avant la récolte du riz. Cette fête majeure est dédiée à la déesse Durga, une des principales divinités du panthéon hindou, notamment connue pour avoir terrassé un terrible démon à l'apparence de buffle. Pendant cette fête, propice aux rassemblements familiaux, les Népalais égorgent des buffles pour perpétuer le geste de Durga et aspergent du sang versé certains objets du quotidien (machines, vélos...) pour s'assurer qu'ils continuent à bien fonctionner.

**Durbar Square** : place du palais de la Kumari.

**Durga** : (*voir* **Dasain**) en sanscrit « l'invincible », cette déesse est encore appelée Devi et symbolise l'unité des forces divines. Elle se manifeste quand les forces du mal menacent l'existence des dieux. Elle est généralement représentée avec dix bras portant l'épée, la conque marine, le disque, le chapelet, la coupe de vin, le bouclier, l'arc, la flèche et la lance.

**Ganesh** : dans la religion hindoue, Ganesh, fils de Shiva et de Parvati, est le dieu de la sagesse, de l'intelligence, de l'éducation et de la prudence. Il est traditionnellement représenté avec une tête d'éléphant et quatre bras. C'est un dieu particulièrement aimé et vénéré, qui est censé aider à la réalisation des projets.

**Gath** : escaliers qui bordent les rivières et que l'on emprunte pour aller effectuer les ablutions et les crémations.

**Hindouisme** : religion majoritaire au Népal. Pratiqué par plus de quatre-vingts pour cent de la population, son culte honore plusieurs divinités dont les principales sont Brahma, Vishnou et Shiva. Plus qu'une religion, l'hindouisme est aussi une manière de se représenter le monde, une façon d'être et de vivre au quotidien. Il est impossible de s'y convertir, l'hindouisme se transmet uniquement par les liens du sang.

**Indra** : dieu de la foudre et de la pluie, célébré tous les ans lors du festival Indra Jatra, lors duquel la Kumari réinvestit symboliquement le roi dans ses fonctions.

**Jutho** : littéralement « impur, contaminé ». La Kumari ne peut pas manger ou utiliser quelque ustensile que ce soit qui ait été touché par la bouche de quelqu'un d'autre.

**Kali** : déesse hindoue du temps, de la mort et de la délivrance. Elle est représentée nue, la peau noire, le regard hostile et la langue pendante. Elle porte autour du cou un long collier composé de crânes humains et brandit dans une main une tête décapitée. Elle danse sur le corps de Shiva, allongé en position de cadavre. C'est la forme la plus féroce de la Devi, déesse suprême qui préside à toute autre divinité hindoue.

**Karma** : concept fondamental présent dans l'hindouisme, le bouddhisme, le sikhisme ou le jaïnisme. Le karma (« acte, action » en sanscrit) désigne littéralement l'ensemble des actes effectués par un individu pendant sa vie, et qui vont être à la source de ses vies futures. Il s'oppose au dharma – la doctrine, la loi – et détermine les conditions heureuses ou malheureuses du croyant.

**Khukuri** : couteaux très utilisés au Népal et que l'on porte à la ceinture. Ils présentent une encoche sur la lame pour que le sang ne coule pas lors des sacrifices.

**Krishna** : divinité importante de l'hindouisme, huitième incarnation de Vishnu. Pour de nombreux croyants, il est le dieu suprême.

**Kumari** : au Népal, une Kumari est une jeune fille considérée comme étant l'incarnation d'une déesse. Cette tradition issue du XVIIe siècle consiste à élire et isoler une très jeune fille pour la vénérer, jusqu'à ce que la première goutte de sang s'écoule de son corps. La Kumari est également un des symboles du syncrétisme religieux au Népal, puisqu'elle est adorée tant par les hindouistes que par les bouddhistes. Matina Shakya est la Kumari actuelle. Elle a été choisie le 7 octobre 2008, à l'âge de trois ans. Aujourd'hui, si le culte de la Kumari est toujours aussi présent au Népal, le sort de ces petites filles s'est quelque peu amélioré. En effet, grâce à l'action de diverses associations, elles bénéficient d'une éducation pendant la durée de leur règne, visant à favoriser leur réinsertion future. De plus, à leur sortie, l'État leur verse une allocation mensuelle pour « service rendu à l'État ».

**Kumarimi** : personnes chargées de s'occuper de la Kumari, qu'il s'agisse de ses soins quotidiens (toilette, habillage, repas) ou de l'éducation relative à ses fonctions religieuses.

**Lokta** : papier fabriqué de manière ancestrale au Népal, issu d'un arbuste qui pousse dans l'est de l'Himalaya. Il présente une texture très soyeuse qui en fait une matière très prisée pour la calligraphie.

**Lassi** : boisson indienne salée, sucrée ou épicée, fabriquée à partir de yaourt.

**Mandala** : représentation symbolique de l'univers, utilisée pour la méditation.

**Mantra** : support de méditation utilisé tant par les hindous que par les bouddhistes. Les mantras sont formés d'une série de sons dont la répétition vise à l'atteinte d'un bien-être physique ou spirituel.

**Newar** : hindous ou bouddhistes, les Newars constituent un peuple très ancien du Népal, porteur d'une longue tradition artistique (peinture, architecture, orfèvrerie). Représentant aujourd'hui cinq pour cent de la société népalaise, ils sont majoritairement regroupés dans la vallée de Katmandou.
La Kumari est obligatoirement issue de cette ethnie.

**Pancha Buddha** : prêtres bouddhistes. Au nombre de cinq, ils jouent un rôle majeur dans la désignation de la Kumari.

**Penjabi** : vêtement composé d'une large chemise et d'un pantalon en toile très confortable. Il est souvent porté par les jeunes filles avant qu'elles ne se marient.

**Puja** : rituel d'offrande, individuel ou collectif, pour honorer et adorer une divinité, s'en attirer les bienfaits. Il débute généralement par le tintement d'une clochette et se poursuit par l'offrande de fleurs, de nourriture et d'encens, le tout au son de musique et de mantras.

**Resham firiri** : chanson d'amour très connue et très populaire dans tout le Népal, dont le refrain, rapporté dans le texte, signifie :

*Mon cœur flotte comme la soie dans le vent*
*Je ne peux décider si je m'envole ou reste sur la colline.*

**Rickshaw** : véhicule tricycle, avec ou sans moteur, destiné au transport de personnes et de marchandises, et très utilisé en Asie du Sud-Est.

**Roi** : au Népal, la monarchie a été abolie le 28 avril 2008, date à laquelle la séance inaugurale de l'Assemblée constitutionnelle l'a remplacée par une république. Le 21 juillet 2008, Ram Baran Yadav a été élu Président de la République. Le roi continue d'exister, mais il n'a plus de pouvoir.

**Sari** : vêtement constitué d'une unique bande de tissu mesurant plus de six mètres, qui se drape sur un jupon. Dans la religion hindoue, le sari ne doit jamais être cousu, au risque de devenir impur. Il existe différentes manières de le draper, qui dépendent de la caste, de la région ou de l'activité de celle qui le porte.

**Shakya** : clan de l'ethnie Newar, principalement connu pour être celui dont est issu le Bouddha.

**Shiva** : divinité hindoue, complexe et contradictoire, qui représente à la fois la destruction et la création d'un monde nouveau. S'il possède 1 008 appellations différentes, sa représentation la plus connue est celle du « danseur cosmique ».

**Taleju** : déesse protectrice des rois du Népal, incarnée par la Kumari.

**Tika** : marque de bénédiction apposée sur le front et portée par la plupart des hindous, fabriquée à partir d'un mélange de riz, de lait et de vermillon. Tout le front peut être peint, ou bien le *tika* peut se résumer à un simple point entre les sourcils.

**Vishnu** : deuxième dieu de la trinité hindoue, avec Brahmâ et Shiva. Il est le protecteur de l'univers et symbolise le vrai savoir. Il est généralement représenté assis sur un lotus.

## L'auteur

Quand j'étais une fringante ado (sans rides, sans chef et sans enfants !), je partageais mon temps entre les compétitions de gymnastique, le lycée et les bouquins. Je lisais à peu près tout ce qui me tombait sous la main !
Maintenant que je suis une raisonnable maman de trente-deux ans, je me sens bien trop vieille pour jouer les aventurières sur une poutre... alors, en plus de continuer à lire, je me suis mise à écrire ! Et le plus fou, c'est que ça a marché... la preuve, vous venez de terminer un de mes romans.

Prêt à recommencer ?

Annelise Heurtier